글쓰기
의
힘

일러두기

이 책에서 말하는 원고지는 일본 기준의 원고지로, 1장당 글자 수가 400
자입니다 — 편집자 주

글쓰기의 힘

사이토 다카시

장은주 옮김

읽지 않는 시대에
글을 써야 하는 이유

데이원

시대가 필요로 하는 글쓰기의 힘

생성형 AI의 등장은 글쓰기 관련 상황을 완전히 바꾸어 놓았다

2022년 11월, OpenAI사의 ChatGPT가 등장하자 나는 바로 유료 결제를 하고 여러 사용법을 시도해 보았다.

문장 작성의 한 예로, "아쿠타가와 류노스케의 《나생문》 후속 이야기를 쓰고 싶다"라고 주문했다.

처음에는 작가에 대한 경외심으로 그건 불가능하다는 반응이 나오지만, "문장력 강화를 위해서니 꼭 부탁한다"라고 그럴듯한 이유를 대면 정말 다양한 패턴을 제시한다. 흡족한 답을 얻지 못했다면 "더 재미있게", "더 드라마틱하게" 같은 주문도 가능하다.

작품에서는 행방이 묘연한 하인의 '그 후 이야기'를 ChatGPT는 그야말로 각양각색의 표현을 사용해 풍성하게 제공한다.

더 단순한 의뢰, 이를테면 관공서에 제출하는 서류나 캠프장 바비큐 안내문 같은 글은 넣고 싶은 정보와 취지만 입력해도 간단하게 뚝딱 완성된다.

ChatGPT는 질문에도 신속하게 답한다. "오타니 쇼헤이 같은 선수를 육성하려면 어떤 시스템이 필요한가?"라고 질문하면 "환경부터 정비하라"라는 답이 돌아온다.

사용해 보니 스토리를 써 달라는 요청이든 질문이든 더 나은 아웃풋을 끌어내기 위한 포인트가 있음을 알 수 있다. 질문에 대한 최소한의 답변이 정리되어 있다.

또한 ChatGPT는 의뢰할 때 살짝 말을 바꾸면, 얻게 되는 대답도 바뀌는 적절한 유연성도 갖췄다. **정중한 말투에는 정중하게, 무례한 말투에는 그에 상응하는 답을 내는 거울 같은 성질이랄까.**

ChatGPT 같은 AI가 그런 일이 가능한 이유는 인간이 힘을 집약하여 축적해 온 방대한 분량의 지적 자산이 데이터로 저장되었기 때문이다. 영어권에서 개발된 까닭에 지금까지는 영어로 질문하는 게 축적된 데이터가 많아 더 정확하고 편리하다고 한다. 물론 현재는 다른 언어도 정확도가 높을 뿐 아니라 앞으로 계속해서 진화하리라 본다.

이 지수함수적인 성장 속도는 멈추지 않을 것이다.

이것이 2023년 현재 상황이다. 이 책 《원고지 10장을 쓰는 힘》(구판 제목)을 출간했던 2004년의 상황과 확연히 달라진 현 상황에 비추어 볼 때, **직접 쓰는 것에는 어떤 의미가 있을까. 우리는 이 문제에 대해 다시금 생각해 볼 필요가 있다.**

누구나 마음만 먹으면 별다른 노력 없이 수준 높은 글을 완성할 수 있다. 그런 급격한 변화가 낳은 문제로, 지금 대학에서는 '학생들이 제출한 리포트가 직접 작성한 건지 생성형 AI가 작성한 건지 어떻게 판별할 것인가?'에 대한 문제가 매우 진지하게 논의 중이다. 그 문제에 대해 '판별은 생성형 AI에 맡기면 어떨까?'라는 농담 같은 현실적 제안까지 대두되었다.

글 쓰듯이 말하기 위한
구성력

왜 본격적인 AI 시대에 돌입한 현시점에서 우리는 쓰는 힘을 익혀야 할까.

세 개의 키 콘셉트(말하고 싶은 것)를 바탕으로 설명하고자 한다.

먼저, 구성력이다.

나는 이 책의 주제인 400자 원고지 10장(일본 원고지 1매당 글자 수는 400자이다 — 편집자 주), 즉 4,000자 정도의 글을 쓸 기회가 숱하게 많았다. 도쿄대 법학부 재학 시절에 치른 시험은 대부분 줄만 그어진 책자에 답을 서술하는 것이었다.

"일본의 외교, 무역정책에 관해 서술하시오" 같은 단문 문제로, 이때 요구되는 것은 **하얀 종이 위에 지금껏 쌓은 지식을 재구축해 가는 힘이다.**

대체 어떤 재료로 기량을 펼칠 것인가. 제대로 실력을 발휘할 수 있을까. 애초에 쓰는 힘이 없으면 아예 손댈 수

조차 없는 극도의 긴장감을 극복해 가는 과정에서 얻게 되는 능력이 있다. 나는 그 능력 덕분에 문장 구성력을 익힐 수 있었다.

문장 구성력이란 다른 사람과 이야기할 때, 특히 프레젠테이션과 같이 누군가의 앞에서 조리 있게 말하는 힘이다. **설령 개요가 없어도 구성력이 있으면 30분 혹은 1시간으로 정해진 시간에 기승전결이 담긴 이야기를 할 수 있다.**

이를테면 "이 이야기의 포인트는 세 가지입니다"라고 각 15분씩 배분하여 기승전결이 있는 이야기를 하고 시작과 끝에 할 말을 집어넣으면 얼추 1시간이다. 의미를 담으면서 막힘없이 전체를 구성할 수 있다면 이는 상당한 능력을 갖춘 것이다.

한편, 평소 책을 읽는 것도 중요하다. 문장 독해력을 기르면 말할 때도 횡설수설하지 않고 문자로 쓴 글처럼 조리 있게 말할 수 있다.

사실 나는 그보다 훨씬 이전부터 구성력을 익히고 있었다. 이 책에서 다룰 예정이라 간략하게 소개하면, 나는 초등학생 시절부터 그림일기 쓰는 훈련을 해 왔다. 글을 쓰면 그 글이 다음 글로 이어진다는 경험이 더해져 결과적으로 장문의 글을 쓸 수 있다는 감각을 나는 그때 깨쳤다.

이 훈련으로 어릴 적에 이미 글쓰기가 두렵지 않은, 머리에서 문장이 자연스럽게 정리되는 자신감을 익혔다.

글을 쓰면 쓸수록 즐거워진다는 사실도 실감한다. 나는 원고지 10장 정도의 의뢰는 스마트폰 '메모장'에 쓴다. 일과 일 사이의 이동 시간을 이용하여 집필하고 그대로 메일에 첨부하여 납품한다.

글 쓰는 행위는 다수의 지적 활동 중에서도 가장 고차원적인 부류에 해당한다. 그런 만큼, 지적인 사람을 의미하는 우리 호모 사피엔스에게 **문장 구성력에 대한 자신감은 지적 활동 전체에 대한 자신감으로 이어진다.**

또한, 구성력을 익히면 불안이 줄어든다. 주위가 어떻든 자기 의견을 딱 부러지게 정리하여 제시할 수 있기 때문이다.

어떤 분쟁에 휘말렸을 때 대체 어떤 일이 일어났고 어떻게 대응했는지, 그에 반해 상대는 어떤 행동을 취했는지 조리 있게 경위를 설명하면 주위의 이해를 얻게 되는 일이 많다. 그런 힘이 부족해서 설명이 구차해지면 오해를 부를 우려도 있다. 이 힘은 사회생활을 하면서 자신을 지키는 힘이 되기도 한다.

'그런 건 AI가 해 주겠지'라고 생각할지 모르지만, 앞서 말했듯이 애초에 생성형 AI는 의뢰하는 사람의 수준에 맞춰지는 거울 같은 면이 있다. AI에 의뢰할 때도 더 만족스러운 답을 얻으려면 내용을 알기 쉽게 구성하여 전하는 능력이 필요하다.

세상이 요구하는
머리의 끈기력

두 번째로 머리의 끈기력, 즉 **쉽게 단념하지 않는 끈기가 몸에 밴다.**

이것은 우리 몸에 빗대 보면 이해하기 쉽다. 지구로 귀환한 우주비행사는 상당한 시간 동안 사회 복귀가 어렵다고 한다. 중력이 거의 없거나 무중력 상태에서 오랫동안 시간을 보내면 근력이 약해져 중력이 있는 지구에서는 직립도 힘든 상태가 된다. 우리는 지구의 중력에 의해 매일 근력을 다지고 있는 셈이다.

글쓰기는 엄청난 지적 강인함이 필요한 작업이다. AI가 진화했다고 하여 글을 쓰는 근력은 이제 필요 없다고 훈련을 멈춘다면 지적 활동에서 가장 중요한 '계속 생각하는' 작업을 방임하는 것이나 다름없다.

여기서 중요한 것은 **지적 강인함이 심적 안정으로도 이어진다는 점이다.** 머리의 정리가 곧 마음의 정리다. 마음을 정리하는 과정에서 우리는 '이 문제는 내가 해결할 수 있을까?' 하고 안고 있는 문제를 고민한다. 그리고 마침내 '아무리 생각해도 내가 해결할 수 없는 건 어쩔 수 없다. 지금 할 수 있는 것을 하자'라고 깨닫는다. 그 경지에 이르면 마음이 안정된다.

학생들과 빈번하게 이뤄지는 취업 상담에서도 이를 실감한다. "과제를 종이에 써 보자" 하고 종이에 쓰면서 정리하면 해야 할 과제가 명확해져 상담자인 학생도 마음이 가벼워진다.

'마음의 시대'라 일컬은 지 오래지만, 나 역시 계속 생각하며 정리하는 지적 강인함이 스트레스 경감에 도움이 됨을 피부로 느낀다.

머리의 끈기력은
대처 능력으로 이어진다

대학 시절 친구이기도 한 변호사에게 이런저런 상담을 하면, 그 친구는 이야기를 들으면서 컴퓨터에 내용을 입력해 간다. 그래서 내가 설명을 마쳤을 즈음에는 상담 내용을 정리한 문서가 완성되어 있다. 들은 이야기를 그 자리에서 구성하고 등장인물의 상황이나 의견을 순서대로 기술하는 것은 매우 뛰어난 능력이다.

《도쿄대 합격생 노트 비법》(오타 아야 지음)이라는 책이 큰 인기를 끌었는데, 나 역시 재학 중에 마치 참고서처럼 갈무리된 친구의 노트를 마주하고 놀라움을 금치 못했다. 그 노트 속에 강의 내용이 한층 더 체계적으로 구조화되어 있었기 때문이다.

그런 노트를 작성하는 것 자체가 뛰어난 지적 능력을 필요로 하는 일이지만, 거기에 더하여 꾸준히 노트를 작성해 가는 머리의 끈기력. 요즘 시대는 그런 힘이 필요하다.

왜 그런 힘이 필요할까? 지금 사람들은 모든 것에 쉽게 질려 하기 때문이다.

글을 읽느니 유튜브를 시청하는 게 재미있다는 차원을 넘어, 유튜브 동영상도 길다며 쇼츠(Shorts)나 틱톡(TikTok) 정도의 짧은 동영상이 아니면 지루해서 보기 싫다는 사람이 늘고 있다. 음미하기보다는 외부 자극에 의존하며, 콘텐츠의 전개가 착착 흘러가지 않으면 마음을 놓지 못하는 시대다. 이대로 나아가면 어떻게 될지 불안이 스친다.

그런 시대에 한 테마에 관해 수개월 내내 생각하고, 매일 컴퓨터 앞에 앉아 졸업논문을 작성하는 작업은 귀중한 수업의 기회다. 내가 속한 학부는 졸업논문이 필수인데, 그 작업이 인간의 지적 능력을 성장시킨다는 확신이 있기에 지금도 과제로서 남아 있다.

졸업논문을 완성했을 때, 한 테마에 관해 다 썼다는 성취감과 더불어 '나는 이렇게나 끈기 있게 작업을 마무리했다'라는 자신감이 붙는다.

본문에서도 자세히 다루겠지만, **원고지 10장 분량인 4천 자를 쓸 수 있다면, 100장 분량인 4만 자도 너끈히 쓸 수 있다.** 작은 단위로 만들어 순서를 바꾸는 등 문장을 최종적으로 재구성하는 작업은 컴퓨터상에서는 간단하다.

내가 대학원생이던 시절에는 손으로 썼기 때문에 그런 작업은 불가능했다. 처음부터 다시 쓰는 수밖에 없었을뿐더러, 전후 관계를 바꾸려면 문장을 송두리째 다시 써야 했다. 그런 상황에서 쓰는 힘이 더 단련되는 것은 당연하다.

그런 연유로 나는 무라사키 시키부(紫式部 일본 헤이안 시대의 소설가이자 시인)를 진심으로 존경한다. 《겐지 이야기》(무라사키 시키부가 쓴 소설)를 읽으면 이렇게나 지적이고 끈기력 있는 인간이 존재했음에 감탄하게 된다.

이 작품은 54첩이나 되는 이야기가 하나하나 독립되어 있는 동시에 전체적으로 연결된다. 연속 드라마의 구성 그 자체다. 큰 흐름을 타고 매회 사건이 일어나면서 완결해 간다. 그래서 단번에 다 읽은 듯한 만족감이 듦과 동시에 다음 이야기는 어떻게 전개될지 설레며 기다리게 된다. 또한, 인간의 힘으로 썼다고는 믿기 어려울 만큼 섬세하게 쓰여 있어 당시가 먹과 붓의 시대였음을 무심코 잊게한다.

서민의 교통수단이 도보였던 그 옛날, 걸어서 떠났던

여행의 거리는 현대의 기준으로 보면 예사롭지 않다. 지금과는 신체를 단련하는 차원이 달랐다. 시대가 바뀌어 복잡해진 현대에는 신체를 단련하기보다 **'지적인 하반신 단련법'** 쪽의 수요가 강하다.

요즘 근육 트레이닝이 인기다. 결과가 바로 나와 성취감을 맛볼 수 있으니 우울감으로 고민하는 사람이 트레이닝에 힘쓰고 있다는 이야기도 들린다.

나 역시 운동을 좋아한다. 그래서 헬스장에서 근육을 단련하는 것도 추천하지만, 건강 유지 차원을 넘어 과도한 근육 트레이닝에 빠지기 전에 원고지 10장, 4천 자를 목표로 하는 글쓰기 트레이닝을 먼저 하길 제안한다.

글쓰기 트레이닝은 근육 트레이닝과 닮았다. 애쓴 끝에 4천 자를 쓰게 되었을 때, 근육이 펌프업된 것 같은 성취감을 얻을 수 있다.

글 쓰는 사람만이
손에 넣는 자기 형성

글 쓰는 힘을 기르면 좋은 세 번째 이유는 자기 형성이 이뤄진다는 점이다.

우리는 어떤 때 자신을 성장시킬 수 있을까. 바로, **경험**했을 때다.

경험을 글로 쓰는 작업에서 한 번 더 그 경험을 인식하게 되니 의미가 확실히 굳어지면서 진짜 경험이 된다. 경험이 핀으로 콕콕 꽂히듯 정착하는 이미지다. 이렇게 경험이 정착되면 몇 년이 지나도 '그때 경험이 밑거름이 되었다'라고 돌아볼 수 있다. 이것이 글쓰기의 장점이다.

나의 저서 중에 《군주호구레쓰》(くんずほぐれつ붙었다 떨어졌다 하며 싸우는 모양)라는 책이 있다. 동명의 동인지에 실은 글을 단행본으로 엮은 책이다. 동인지는 내가 도쿄대학교 대학원 연구생 시절 동료 몇 명과 함께 만들었는데, 창간호 무렵 나는 아직 메이지대학에 적을 두기 전이라 자신감이 완전히 바닥을 치고 있었다.

그 후 메이지대학에 근무하면서 교직 과정의 학생들 수업에 동인지를 배부하고 읽게 했다. 당시의 나는 과할 정도로 열정이 넘쳤다. 그 열정을 학생들도 느꼈는지 학생들 또한 열의로 가득했다. 에세이를 쓴 다음에는 학생들에게 읽게 하여 반응을 듣고 다음 에세이를 썼다.

쓰는 것은 자신과 마주하는 행위다. 자기 내면과 마주하고 신체를 이용하여 내면의 모호한 것들을 밖으로 끄집어내는 행위다. Expression(표현)의 EX가 '밖으로'라는 의미인 것처럼 자신을 안에서 밖으로 끄집어내어 표현한다. 완성된 글을 읽고 '내가 이런 생각을 했던가?' 하고 깨닫는 일조차 발생한다.

쓰기에 대한 반응은 각양각색이다. 단순한 감상조차도 쓸 게 없다는 사람, 항목별로 조목조목 쓰는 사람, 혹은 장황하게 늘어놓는 사람 등 실로 다양하다.

처음에는 글자를 써 내려가는 것만으로도 괜찮다. 긴 감상을 쓸 수 있다는 건, 자신과 마주하는 연습을 할 수 있음을 의미한다.

거기에서 더 밖으로 끄집어내는 것, 교육에서도 지금 그것을 중시한다. 2020년부터 새로운 학습지도요령의 세 가지 기둥은 '지식 및 기능', '사고력, 판단력, 표현력 등', '배움을 향한 힘, 인간성 등'으로 이 중 **'사고력, 판단력, 표현력 등'은 쓰는 힘과 직결된다.**

인터넷에서 간단하게 정보가 퍼져 나가는 지금, 정보를 올릴지 말지에 사회적 판단력이 필요하며 그것들 전부가 자신을 표현하는 수단이 된다. 영화를 본 감상을 X(구 트위터)에서 읊는 행위 하나도 자신이라는 존재와 연관된다.

문체를 영어로 스타일(style)이라고 한다. **글을 보면 그 스타일에서 글쓴이의 라이프 스타일이 보인다.**

예전에 《라이프 스타일을 연마하다》라는 책을 낸 적이 있는데, 내가 생각하는 스타일 이론은 전혀 난해하지 않았다. 수학에서 배우는 사상·함수 같다고 할까. 그 사람 안에 뭔가를 넣으면 그 사람만의 고유한 형태로 표출되는 일관된 변형 방식이 바로 스타일(함수)이다.

음악을 예로 들면, 가수 구와타 게이스케가 부르는 노래는 '구와타 변환'이 일어나 어떤 노래라도 구와타 스타일이 된다. 그 사람 고유의 몇 가지 습관이 기예가 되어 세 개 정도가 엮이면 그것이 그 사람의 스타일이다.

문장도 그렇다. 같은 니체의 작품이어도 《자라투스트

라는 이렇게 말했다》,《자라투스트라가 한 말》,《자라투스트라》와 같이 번역자도 제목도 다른 예가 있다.

흥미로운 점은 취향의 문제는 뒤로하더라도, 읽어 보면 어떤 책이든 하나같이 니체답다는 부분이다.

독일어에서 다른 언어로 사람의 손을 거쳐 번역되더라도 언어를 초월하여 니체 스타일이 나온다. 그래서 같은 독일어라도 하이데거 저작의 번역은 역시 하이데거다운 스타일이 나와 니체의 문체와는 또 다르다.

다른 예를 들면, 등장인물들이 집요할 정도로 장황하게 말을 늘어놓는 느낌의 도스토옙스키 스타일은 누가 번역하든 도스토옙스키답다. 그 작가만의 고유한 문체 스타일이 있는 것이다.

글쓰기로 얻게 되는 자기 형성이란, 다양한 체험을 하고 그 경험을 바탕으로 자신과 마주하여 스타일을 구축해 가는 것이다.

《넘쳐 나는 것은 상냥함이었다》라는 책이 있다. 동화 작가이자 소설가인 료 미치코가 나라소년원 수감자에게 시 쓰기 수업을 10년 남짓 실시한 기록이다.

수강생 한 명이 철벽같던 마음의 문을 열면, 연쇄 반응처럼 차례차례 다음 문이 열린다. 그러자 모두 가슴 깊숙이 담아 둔 힘들었던 경험이나 슬픔을 쏟아 내기 시작한다. 이를 계기로 교실에는 상냥함이 넘쳐 난다. 동료를 위로하는 말, 나도 그랬다는 공감의 말이 교실에 넘쳐 나는 것이다.(중략)

친구에게 상냥한 말을 들은 소년들은 내 눈앞에서 바뀌어 간다. 마치 번데기에서 나비가 되듯 한순간에 변하는 모습을 몇 번이나 목격했다. 전혀 표정이 없던 소년이 미소를 짓고, 심한 틱 증상이 단번에 멎고, 말더듬증이 사라지고, 막나가던 아이가 자세를 가다듬고, 매우 소극적이던 아이가 손을 번쩍 들고 말한다. 마법이었다. 기적이라 생각했다. 처음에는 우연이 아닐까 싶었다. '어쩌다 보니 이렇게 맞아떨어진 거야. 아니, 멤버가 좋았어'라고 스스로 타일렀다. 이런 기적은 종종 일어나는 거라고.

하지만 회를 거듭하고 멤버가 바뀌어도 역시 같은 일이 반복해서 일어났다. 마치 이과 실험실에서 행하는 화학반응처럼.

_료 미치코,《넘쳐 나는 것은 상냥함이었다》

소년원 같은 곳에서 글쓰기 지도를 하는 사람들로부터도 "글쓰기로 자신을 다시 바라볼 수 있다"라는 말을 종종 듣는다. 글을 쓰면서 자신을 다시 바라보고 반성할 것은 반성하는 것이다.

글을 쓰는 행위는 자신과 마주하고 자신을 형성하여 강하게 만든다. 그래서 **문체가 형성되는 과정은 자기 형성의 과정 그 자체다.**

예를 들면, 자신을 "나"라고 쓸지 "저"라고 쓸지에 따라 세상이나 타인을 바라보는 시점 자체가 완전히 달라진다.

서술을 "~이다" 혹은 "~입니다"로 할 건지, 사람들을 웃기려는 건지, 똑똑함을 인정받으려는 건지, 해명이나 사과를 하려는 건지, 그런 것까지 명확하게 드러난다. 그것이 자신을 바꾸어 성장시키는 계기가 된다.

지식을 펼쳐 정을 쌓는 저력을 기른다

그런데 하루하루는 정말 똑같이 지나갈까? 매일 글을 쓰기 시작하면 하루하루가 달라진다.

'오늘은 어제와 어떤 점이 다를까?' 하고 생활 속에서 쓸거리를 찾게 된다. 만일, 정말 아무것도 없다면 하루의 끝에 영화라도 한 편 봐야겠다는 생각이 든다. 책을 열 페이지 읽고 좋아하는 장소에 가 봐도 좋다. 이왕 쓸 바에야 하루를 꽉 채워 재미있게 쓰려는 의욕이 솟는다.

이것은 주문한 식사 메뉴를 스마트폰으로 촬영하는 것과는 다르다. 사진은 거기에서 의미를 찾을 필요가 별로 없다. 그에 반해 **어떤 체험을 문장으로 표현하려면 그 체험에서 의미를 찾아내야만 한다.** 이는 글쓰기가 현상학(경험적 현상을 다루는 학문)적인 작업임을 의미한다.

일반적이고 객관적인 것이 아닌, 그것을 보고 어떻게 느꼈는지 신중하게 기술해 가는 회화적 방식이다. 세상을 보는 방법은 사람에 따라 다르다. 자기 나름의 세상을 보는 방식, 그것이 현대인에게 필요하다.

생성형 AI의 활용도가 높아진 세상에서 역시 직접 글을 쓰는 작업은 의미가 깊다.

앞에서 말했듯이, 글쓰기는 구성력을 키우고, 머리의 끈기력을 기르고 자기 형성을 이뤄 가는 작업이다. 글을 쓰면 마음이 맑아지는 이유는 **지식의 근육이 단련되어 마음이 정리되고 정신이 안정되기 때문이다.**

나는 항상 그런 감각을 갖고 있어 글 쓰는 훈련을 한 것에 감사하게 생각한다. 이것은 다양한 스포츠나 트레이닝을 해 온 사람이라면 이해할 것이다.

다만, 지적인 힘이 이렇게나 필요해진 시대에 그 힘을 키울 기회가 오히려 줄어들고 있다는 사실은 씁쓸하기 그지없다.

1979년에 출간되어 베스트셀러로 등극한 《재팬 이즈 넘버원》이라는 책이 있다. 이 책에는 당시 일본인은 신문이든, 잡지든, 단행본이든, 평균적으로 미국인보다 많은 책을 읽고 정기간행물의 수도 헤아릴 수 없을 만큼 많으며 서적 출간 지표도 미국과 거의 같다고 쓰여 있다.

지금 일본인의 독서량은 그 당시와 비교할 수 없을 만큼 줄어들었다. 전후 일본이 급성장한 이유를 분석한 이 책에서 지금의 일본과 일본인이 잃어버린 것, 예전의 근면한 일본인상을 돌아봤으면 한다.

　　한 사람 한 사람의 독서량과 쓰는 힘. 이것이 합쳐졌을 때 우리 사회 전체의 저력이 발휘될 것이다.

　　지적 강인함이 더욱 필요해진 현대, 자기 형성을 위해서도 꼭 원고지 10장을 쓰는 힘을 익히기 바란다.

시작하는 글

요즘 글쓰기를 어려워하는 사람들이 많은데, 유독 젊은 층에 그런 경향이 강한 듯하다.

글 쓰는 힘은 독서력과 깊은 연관이 있다. 쓰는 힘이 없는 사람은 대개 읽는 힘도 없다. 일상생활에서 전혀 곤란할 게 없으니 개의치 않을지도 모른다.

그러나 학생이라면 당연히 논문이나 리포트를 쓸 일이 많다. 사회로 나와 회사에 들어가면 보고서부터 기획서에 이르기까지 다양한 형태로 쓰는 힘이 요구된다. 쓰는 힘이 없으면 난감한 상황과 마주하게 된다.

그런데도 평소 쓰는 훈련이 너무나 부족한 게 현실이다.

이 책에서는 누구나 400자 원고지 10장 정도는 너끈하게 쓰는 방법을 실용적으로 제시한다. 쓰는 힘은 훈련하기에 따라 누구든 확실하게 익힐 수 있다.

더 중요한 것은 **쓰는 힘을 기르면 읽는 힘을 기를 수 있을 뿐만 아니라, 앞으로의 사회에서 가장 필요한 사고하는 힘을 기를 수**

있다는 사실이다.

지금 젊은 세대가 얼마나 '쓰는 힘', 즉 '생각하는 힘'이 없는지는 평소 학생들과 접하는 나로서는 외면하려 해도 눈에 들어올 수밖에 없다.

학생들에게 어떤 테마를 제시하고 지금부터 20분 내로 글로 정리하라는 과제를 낼 때가 있다. 그러면 20분이 지나도 고작 서너 줄밖에 쓰지 못하는 학생들이 적지 않다. 쓰는 습관을 익히지 못하면 펜을 드는 것조차 버거워한다.

호의적으로 해석하면, 쓰고 싶은 게 머릿속에서 숱하게 맴돌아 무엇부터 써야 할지 고민하다가 시간이 훌쩍 지났다고 생각할 수도 있다.

그러나 실제로는 그렇지 않다. 쓰고 싶은 게 머릿속에서 맴돌기보다는 쓸거리가 떠오르지 않아 고민하다가 시간이 다 된 것이다.

글을 쓰지 못하는 결정적인 이유는 훈련이 부족해서다. 이는 곧 생각하는 훈련을 해 오지 않았음을 의미한다.

이 책에서는 1장에서 "쓰는 힘이란 무엇인가?"에 대해 말하고 2장에서 "문장을 구성하는 구체적인 방법"을 소개

한다. 3장에서는 다음 단계인 "문체 익히는 방법"을 제시한다.

쓰는 힘을 기르는 것은 생각하는 훈련이다. 이 책에서는 그 훈련에 도움이 되는 힌트를 제공한다.

차례

증보판 머리말 **시대가 필요로 하는 글쓰기의 힘** 4

시작하는 글 28

프롤로그_글쓰기는 스포츠다

왜 10장을 쓰는 힘이 중요한가 39

양에서 질로 가는 것이 능숙한 문장을 쓰는 지름길 42

갖은 수단을 동원하여 10장을 쓰자 44

글쓰기의 추진력이 되는 인용 47

'3의 법칙'은 문장 구축의 열쇠 49

문장은 기승전결의 '전'부터 생각한다 51

기승전결로 읽는 트레이닝 53

쓰는 힘을 기르면 읽는 힘이 향상된다 55

변환의 묶음이 독창성이다 57

글을 쓰면 다음 세계가 눈에 들어온다 60

1장 글쓰기는 생각하는 힘을 기른다

1. 쓰기 전에 생각한다

글쓰기는 문장을 구축하는 것이다 65

글말은 시간을 초월하여 남는다 68

입말과 글말의 차이 70

컴퓨터로 쓰는 힘을 기른다 73

쓰면 쓸수록 아이디어가 솟는다 75

2. 사고력을 단련한다

글쓰기는 뇌를 단련한다 79

의미의 함유율을 높이자 82

글말로 이야기한다 86

문장력을 기르는 독서 89

깊이 있는 사고력을 기르려면 90

3. 글쓰기는 가치를 창조한다

새로운 의미를 낳는 행위 93

가치를 깎아내리는 글은 쓰지 않는디 97

새로운 깨달음이 있는가 99

글로 사람과 이어진다 101

2장 쓰는 힘은 구축하는 힘이다

1. 인용력을 익힌다

쓰기 위한 독서법 107

읽고 이해하는 힘은 쓰기를 전제로 향상된다 111

골라 읽는 독서를 목표로 한다 113

제한 시간 안에 읽는다 115

문제의식을 느끼며 읽는다 118

인용의 기술을 익힌다 121

소재를 독자와 공유하는 메리트 123

재미있게 읽은 부분을 그룹별로 나눈다 126

인용 포인트를 놓치지 않는 요령 128

인용으로 문장을 구성한다 131

깨달음이 재미를 낳는다 134

2. 개요 짜는 능력을 기른다

키워드를 골라 메모한다 139

구상에 도움이 되는 메모 작성법 142

성격이 다른 세 개의 키 콘셉트를 만든다 145

키 콘셉트는 발상으로 이어진다 148

개요는 문장 설계도 150

긴 문장을 쓰는 트레이닝 153

3. 문장은 '3의 법칙'으로 구축한다

키워드에게 키 프레이즈로 159

관련 없는 세 개의 키 콘셉트를 연결한다 162

세 개의 콘셉트를 그림으로 그린다 164

암묵지를 떠올린다 169

목차를 구성한다 171

나의 논문 트레이닝 174

독서감상문에서 세 가지 포인트를 고르는 훈련 177

트레이닝 메뉴 **영화 활용법**

영화를 분해해 보자 181

무엇에 반응하는가 185

관심을 파고드는 세 가지 187

3장　문체를 익힌다

1. 문체가 글에 생명력을 불어넣는다

주관적인 것을 쓴다 193

문체는 구축력 위에 다져진다 195

생명력은 문체에 배어 나온다 198

생명력과 구축력 200

소리 내어 읽으면 생명력을 느낄 수 있다 205

자신을 대상으로 한 글과 타인을 대상으로 한 글은 다르다 207

2. 문체는 포지션으로 결정된다

문장의 신체성 211

포지션을 의식한다 213

포지션을 정한다 219

3. 독창적인 문장을 쓴다

포지션으로 구축 방법이 달라진다 225

글쓰기 쉬운 포지션을 찾아낸다 227

주관과 객관의 균형을 취한다 229

취사선택으로 머리를 고속 회전시킨다 231

글쓴이에 따라 문체는 달라진다 234

자극받은 만큼 독창성이 발휘된다 240

트레이닝 메뉴 **일기 활용법**

자기 이야기를 하고 싶은 힘 243

내공을 쌓는다 246

자기 긍정감이 솟는다 249

후기 252

문장력을 키우는 추천 도서 150선 256

참고문헌 266

글쓰기는
스포츠다

왜 10장을 쓰는
힘이 중요한가

말하는 것이 걷기라면 쓰는 것은 달리기와 비슷하다. 특별한 훈련 없이도 긴 거리를 걸을 수 있듯이 우리는 긴 시간 말할 수 있다.

하지만 긴 거리를 달리려면 반드시 훈련이 필요하다. 익숙하지 않은 사람이 갑자기 10km를 달리는 것은 일단 무리다. 그에 적합한 훈련을 하면서 서서히 거리를 늘려야만 긴 거리를 달릴 수 있다. 글쓰기도 마찬가지다.

내 감각으로 400자 원고지 한 장은 1km에 해당한다.

갑자기 10km를 달리라고 하면 사람들은 대부분 꽁무니를 빼거나 뒷걸음질을 친다. 하지만 훈련을 반복하면 10km 정도는 누구나 무난하게 달린다.

이 10km를 달린 경험과 달릴 수 있다는 자신감이 무엇보다 중요하다.

나는 글을 쓸 때 원고지 10장이라는 분량을 채울 수 있느냐 없느냐가 분기점이라고 생각한다. 그리고 **원고지 10장**

을 두려워하지 않는 사람은 글을 쓸 수 있는 사람이라고 정의한다.

원고지 2, 3장 정도 글은 훈련 없이도 쓸 수 있지만, 10장이 되면 쓰기 전에 메모나 개요를 만들어 전체적인 문장을 구상해야 한다. 이 기술은 훈련 없이는 익히기 어렵다. 반대로 이 기술만 익히면 더 긴 문장도 문제없다.

5km를 달릴 수 있으면 다음은 7km, 10km로 거리를 늘려 갈 수 있다. 그러면 거리를 늘려 가는 데 굉장한 재미가 붙는다.

마찬가지로 **쓰는 힘을 기르면 분량을 늘리는 게 재미있어진다.** 이 순환에 들어간 사람은 그렇지 않은 사람과 차원이 달라진다. 마침내 100장의 논문을 쓸 수 있게 되면 이제 30장 논문은 짧게 느껴진다.

10km를 완주하는 느낌을 알고 달리는 경우와 그렇지 않은 경우, 정신적 피로도가 확연히 다르다. 10km를 달린 적이 없는 사람은 '대체 언제 결승점에 이를까?' 하는 불안과 끊임없이 싸워야 한다.

하지만 10km를 완주한 경험이 있다면, 다음에 10km를 달릴 때 스트레스가 절반 이하로 떨어진다. 지금 어느 지점을 달리고 있는지 아니까 정신적 피로가 덜하다. 훈련도 크게 힘들지 않아 10km를 달릴 수 있는 사람은 더 장거리도 달릴 수 있게 된다.

이를테면, 책 한 권은 원고지 300장 정도다. 300장의 글을 쓰려면 하루 10장씩 쓴다는 가정하에 30일이 필요하다. 10km를 30일간 매일 주파하는 듯한 느낌이지만, 마라톤 선수처럼 하루 30km를 달린다면 10일에 끝난다.

10장을 쓸 수 있는 사람은 긴 문장을 쓰는 기초적 힘을 터득하여 책을 쓸 수 있는 능력을 거머쥐게 된다.

이 책의 목적은 원고지 10장의 글을 쓸 수 있게 하는 데 있다. 어떻게 하면 원고지 10장이 두렵지 않게 될까. 실제로 10장을 다 쓸 수 있을까. 그와 관련한 사고방식, 기술, 훈련방식을 자세하게 소개하겠다.

(**ONE POINT**)

딱 한 줄이라도 좋으니 무언가 머리에 떠오른 것을 써 보자. 계속 쓰다 보면 10장을 쓰는 필력이 몸에 밴다.

양에서 질로 가는 것이
능숙한 문장을 쓰는 지름길

글쓰기 훈련에서 중요한 것은 어떻게든 양을 소화하는 것이다.

문장의 질은 독서 체험이나 인생 경험, 재능 등을 포함한 그 사람의 종합적인 능력과 연관이 있다. 갑자기 높아지지도 갑자기 바뀌지도 않는다. 질을 높이고 나서 양으로 갈 게 아니라, **양을 소화함으로써 질을 높인다**고 생각하자.

이 책에서는 양을 소화하는 방법을 추천한다. 원고지 10장을 쓰는 훈련을 하면 반드시 문장의 질이 향상된다. 양을 소화하면 문장의 질은 급격히 높아진다.

글쓰기에 익숙해지면 언어라는 재료에도 눈이 뜨여 이 문장은 대략 어떻게 되리라는 감이 온다. 야구에 비유하면, 투수가 직구를 던지게 된 다음은 변화구를 던지며 공의 회전이나 코스 같은 세세한 부분에 신경을 배분할 수 있다. 즉 문장의 질을 높이는 데 온 힘을 다할 수 있다.

아직 공이 포수에게 닿지 않는 사람은 일단 어떤 투구

법이라도 좋으니 닿게 하는 게 우선이다. 그런 다음 가장 자신 있는 투구법으로 던지면 된다.

일본인 메이저리거의 선두인 노모 히데오 선수의 토네이도 투구 폼은 그가 어릴 적에 빠른 공을 던지려고 연구한 자세에서 나왔다고 한다. 이치로 선수는 체격이 작아도 공을 강하게 멀리 날리고 싶은 생각에 몸 전체를 사용하는 시계추 타법을 완성했다. 그 타법은 지금도 메이저리그에서 충분히 통한다.

아무튼 목적을 달성하자. 그 목적은 양이다. 일정 기간 **하루에 쓸 매수를 정하고 양을 소화하는 데 집중하자.** 그러면 원고지 10장은 물론이고 100장 단위까지도 너끈하게 쓸 수 있다. 원고지 100장을 써도 결과적으로는 미흡한 글밖에 쓸 수 없을지도 모른다.

그때는 현실을 받아들이고 한 번 더 도전하면 된다. 그래도 100장을 쓰고 나면 **자기 실력을 객관적으로 볼 수 있어 부족한 부분이 눈에 들어와 개선 방향도 보인다.** 노력은 헛되지 않고 발전 가능성을 남긴다.

(ONE POINT)

처음에는 문장의 질을 신경 쓰지 않고 어떻게든 양을 소화하는 것이 요령이다. 양을 소화해 가는 중에 저절로 질도 향상된다.

갖은 수단을 동원하여 10장을 쓰자

양을 소화하는 방법은 얼마든지 있다.

사실 나는 대학원 시절 1년간 전혀 펜을 들지 못했다. 원고지 400장 정도의 논문을 쓸 생각에, 먼저 실력을 쌓아야 한다며 틈만 나면 책을 읽고 사고력을 높이기 위해 명상에 열중하곤 했다.

말하자면, 마라톤 완주를 위해 체력을 단련한다며 매일 근육 트레이닝에만 열을 올린 것이나 다름없다. 실제로 달리는 행위, 즉 쓰는 행위는 전혀 하지 않고 결국 1년을 허송세월로 흘려보냈다. 지금 생각하면, 원고지 400장이라는 양을 필요 이상으로 두려워한 결과가 아닐까 싶다.

내가 운영하는 초등학생 대상의 '사이토 메소드'라는 교육기관에서도 원고지를 앞에 두면 머리가 멈춰 버린다는 아이들이 꽤 많다.

새하얀 원고지를 본 순간 바로 머리도 새하얘진다. 한 칸 한 칸 채워 가기도 벅차 정신이 아득해지는데 400장이라니 말도 안 된다고 생각한다.

대학생 중에도 처음에 "원고지 10장의 리포트를 쓰라"라고 하면 "교수님, 절대 못해요"라고 고개를 절레절레하는 학생이 상당수 있다. 글을 써야 한다는 생각만 해도 한숨이 나온다는 어른도 많다. 결국 모두 달리기도 전에 달리기를 두려워한다.

따라서 **자기가 가장 잘 쓸 수 있는 주제로 훈련하여 양적 불안을 없애는 것이 중요하다.**

'사이토 메소드'에서는 학생들에게 애니메이션 〈무민〉을 50분 정도 보여 주고 그것에 관해 쓰는 훈련을 한다.

보고 나서 애니메이션 속 인간관계를 그림으로 그리게 하면, 일단 누가 무엇을 했는지 구체적으로 파악할 수 있다.

다음은 2인 1조로 줄거리를 옆 사람에게 설명해 본다. 그리고 상대를 바꾸어 다시 줄거리를 이야기한다. 이것을 3세트, 각자 세 명에게 줄거리를 말해 본다. 이때 무엇을 쓸지 확실하게 파악할 수 있다.

시간을 20분으로 설정하고 쓰게 하면, 초등학생이라도 원고지 5장 정도는 쓴다. 개중에는 시간을 조금만 더 달라며 10장 이상을 쓰는 아이도 나온다. 10장 이상 쓰면 초등학생 나름의 큰 자신감이 붙는다. **초등학생인데 5km나 달렸다는 자신감은 다음 글을 쓰는 에너지로 이어진다.**

콤플렉스 같은 내면의 열등감과 마주해야 글을 더 잘 쓸 수 있다면 그렇게 쓰면 된다. 반대로 우월감과 마주하고 으쓱해야 글을 더 잘 쓸 수 있다면 그렇게 쓰면 된다.

내면이 아닌 지식을 드러냄으로써 매수를 늘릴 수 있다면, 그렇게 해도 상관없다. 다만 이때는 병렬적(서로 다른 장소에서 벌어지는 사건을 서술)으로 써도 원고지 20장이면 한계에 이른다. 장황하게 늘어지는 느낌이 들어 저절로 일관성 있는 테마를 찾게 된다. 그렇다면 다음은 지식을 재배열해 봄으로써 전체를 구축해 가는 기술을 습득할 수 있다.

(ONE POINT)
문장이 능숙하고 서툴고는 크게 신경 쓸 게 아니다. 중요한 것은 일단 써 보는 것, 되도록 많이 써 보는 것이다.

(ONE POINT)
생활 속에서 글쓰기 소재를 찾아낸다. 책을 읽고, 영화를 감상한다. 그러다 보면 쓸거리는 곳곳에서 볼 수 있다.

글쓰기의 추진력이
되는 인용

인용은 원고지 매수를 늘릴 때 무척 도움이 된다. 무언가를 인용하고 그에 관해 코멘트하는 식으로, 나도 편하게 자주 활용한다.

또한, 글 소재를 천천히 녹음하여 그것을 들으면서 직접 컴퓨터에 옮기기도 한다. 나는 한 문장 한 문장을 너무 고심하는 습관이 있는데, 녹음한 것을 다시 돌려서 듣는 과정은 번거로워서 앞으로 나아가는 수밖에 없다. 그러면 문장에 어떤 흐름이 생기고 그것을 다시 글로 정리하면 상당히 매끄럽게 진행된다. 하루 5장 정도가 한계였다면 이 방식으로 10장, 15장을 쓸 수 있게 된다.

영화에 관해 쓰는 것도 좋은 훈련이다. 자세한 방법은 나중에 다루겠지만, 영화는 막대한 에너지와 자금을 투입하여 완성된 수많은 재능의 결집체다. 각본, 배우의 표정, 세트, 배경, 미술 등이 견고하게 구축되어 무언가에 주목해서 써 나가기만 해도 양도 늘고 내용도 채워진다.

영화 비평을 쓰는 훈련에서는 예리한 비평도 중요하지만 **10장이라는 과제를 완수하기 위해 뭐든 해 보는 자세가 필수다.** '저 배우의 의상은 정말 꽝이야!'처럼 가벼운 잡담 같은 것도 괜찮다.

영화를 소설화해 보는 것도 좋다. 영화의 소설화는 결국 줄거리를 쓰는 것인데 기억에 남는 대사는 정확하게 써서 담아 뒀다가 인용부호를 사용하여 인용한다. 인용부호를 사용한 인용은 행수가 꽤 되므로 이 방법을 잘 활용하면 기분 좋게 매수가 늘어난다.

(ONE POINT)

책이나 영화에서 재미있었거나 공감했던 부분을 메모한다. 그 메모가 축적되면 지식도 어휘도 머릿속에 정착되기 쉽다.

'3의 법칙'은
문장 구축의 열쇠

짧은 글이나 원고지 5장 정도의 에세이라면 문장을 구축할 필요가 없다. 쓱 쓰고 금방 끝내도 된다. 마음 가는 대로 물 흐르듯 쓰면 되니 감으로 쓰는 게 제일 좋다는 사람도 있다.

하지만 그것은 어디까지나 짧은 문장일 때다. 10장 이상 쓸 때는 직감대로 흐르듯이 쓰다 보면 보통 사람은 도중에 나가떨어진다.

10장 이상의 긴 글을 쓰려면, 메모나 개요를 만들어 문장을 구축해야 한다. **구축력이야말로 글쓰기의 핵심이다.**

이 책에서는 문장을 구축하기 위해 귀에 딱지가 앉을 만큼 '3의 법칙'을 강조한다. 여기에 관해서는 나중에 자세히 설명하겠지만 '3의 법칙'을 그토록 강조하는 이유는 삼각대처럼 세 개의 포인트가 있으면 긴 글을 깔끔한 형태로 구축할 수 있기 때문이다.

쓰는 포인트가 4개, 5개가 되면 연관성을 파악하기가

어렵다.

　3개의 포인트로 쓰는 게 10장을 돌파하기 위한 중요한 기술의 하나임을 잊지 말기 바란다.

문장은 기승전결의
'전'부터 생각한다

　　문장 구축법의 하나로 흔히 '기승전결'에 대해 이야기 하는데 여기에 얽매이면 문장을 쓰기가 어렵다. '기'를 쓴 다음 '승'으로 가서 '전'을 구축하려면 머리가 굳어 버린다.

　　'기승전결'의 네 포인트는 똑같이 중요한 게 아니라 사실 '전이 어떤가'에 전부가 달려 있다. 생각하는 **순서로 말하자면 '전'이 처음이다.** 즉, '전기승결'이다.

　　'전'이 생각났다면 다음은 무리해서라도 '기', '승'을 맺는다. '결'은 마지막에 억지로라도 생각해 내면 된다. '전'이 글의 핵심이다.

　　글을 쓰려고 '전'을 생각해 냈다면 사실 '기', '승'도 완성되어 있다. '전'이라고 하면 "그렇지만, 이렇다" 하는 식으로 말하고 싶은 게 있다. 이 "그렇지만"이라고 말한 이상, 뭔가가 바뀐다. 그 뭔가가 전제가 되는 게 '기', '승' 부분이다.

　　'전'이 함정이라면 그것을 능숙하게 피해 가는 게 '기', '승'이고 '결'은 함정에 빠진 상대를 보고 통쾌해하는 부분이라 생각하면 된다.

구축만 제대로 되어도 문장의 폭이 넓어진다.

예를 들어 '전'이 호수에 둘러싸인 성의 본부라면 '기', '승'은 성을 에워싼 호수다. 처음에 중심인 본부에 들렀다가 호수를 돌면서 도중에 잠깐 곁길로 빠졌다가 다시 본부로 돌아온다. 그래서 마지막에는 본부까지 전부 연결된 형태의 문장이 아름답게 구축된 문장이라고 할 수 있다. 이정도 구축력이면 대단한 것이다.

도중에 노련하게 곁길로 빠지는 것도 기술이며, 그러기 위해서는 구축력을 갈고닦아 문장을 능숙하게 연결해야 한다.

구축에 익숙해지면 그럭저럭 매끄럽게 문장을 마무리할 수 있다. 이것은 요리 기본기가 탄탄한 사람이 요리하는 중에 이런저런 요리에 관한 아이디어가 떠오르는 것과 같다.

기승전결로 읽는
트레이닝

기승전결은 읽기 능력을 키우는 데 매우 효과적인 방법이다. 나는 《국어로 놀자》라는 책에서 **문장을 전부 '기승전결'로 요약하는 방법을 제시했다.**

《이솝 이야기》는 '결(마지막)' 부분에 "그러니까 ~을 해서는 안 된다"라는 문장이 반드시 나온다. 그런데 이 부분이 재미있지는 않다. 《이솝 이야기》는 "태양이 나그네의 외투를 벗겼다"와 같은 '전' 부분에 에너지가 집중되어 이 부분이 재미있다.

재미있는 문장은 짧든 길든 역시 '기승전결'이 있다. 읽은 사람은 이 기승전결을 구분하는 훈련을 해야 한다. **이때 포인트는 어느 부분이 '전'인지 확인하는 것이다.**

'전'을 판별할 수 있게 되면 '전이 되려면 전제가 필요하니 이 부분을 이렇게 썼겠구나' 하는 글쓴이의 사고 회로가 보인다. 즉, 작가의 기법이 눈에 들어온다. 아쿠타가와 류노스케의 기법도 다자이 오사무의 기법도 보이게 된다. '다들 이렇게 썼구나' 하는 것을 어느 순간 알게 된다.

그렇게 되면, 글을 쓸 때 무엇을 '전'으로 해야 할지 중요한 요소를 파악할 수 있다.

쓰는 힘을 기르면
읽는 힘이 향상된다

쓰는 힘을 기르면 읽는 힘이 눈에 띄게 향상된다. **책을 읽을 때 어떻게 썼을지를 상상하며 읽으면 가장 이해도가 높다.** 반대로 말하면, 글쓴이의 시선으로 바라보지 않는 한 글을 제대로 이해하기 어렵다.

10km도 달린 적이 없는 사람이 마라톤 대회를 보고, "저 선수는 주법이 어떻다느니" 해설해 봤자 사실 그 사람은 마라톤에 대해 아무것도 모르는 것이나 다름없다.

느낌상 그 정도는 알 것 같다고 말을 더할 수는 있다. 해머 던지기를 보면서 이러니저러니 말을 거들 수는 있지만, 해머를 던진 적이 있는 사람과 던진 적이 없는 사람이 할 수 있는 말은 다르다. 선수 수준은 아니어도 던진 적이 있는 사람에게는 당시의 감각이 남아 그 느낌을 유추하여 실감 나게 이야기할 수 있다.

마찬가지로 **글쓴이 입장에 서면 글쓴이의 사고 회로에 더 가까워질 수 있어** 읽는 힘이 급격히 향상된다. 따라서 독서로 훨씬 많은 것을 얻을 수 있다. 그리고 그것이 다시 쓰는 힘으로 이어지는 선순환이 생긴다. 일단 쓰기 시작하면, 그 이후에 하는 독서나 영화 감상 등 모든 것이 피가 되고 살이 된다.

변환의 묶음이
독창성이다

최근에는 독서감상문에 대한 평판이 별로인 듯하다. 이 부분과 관련해서는 다시 언급하겠지만, 독서감상문은 아무튼 매수를 채우는 데 제격인 문장 트레이닝이다. 영화감상문은 영상이라는, 문장이 아닌 것을 문장으로 만들어야 하지만, 책은 이미 글로 이뤄진 텍스트다. **좋아하는 책을 소재로 그것을 변환하는 정도의 기분으로 쓰면 상당한 분량을 쓸 수 있다.**

《겐지 이야기》는 다양한 사람이 현대어로 번역했다. 이 현대어 번역 작업은 거의 창작에 가깝다.

사람이 쓴 것은 모두 변환한 것, 즉 인용의 직물로 짜여 있다고 봐도 무방하다. 소재부터가 자기 고유의 것이 아니다. **이미 있던 것을 자기 스타일로 변환하여 새로운 것을 만들어 내는 것**이야말로 쓰는 행위의 왕도다.

이러한 예는 명작에 많다. 구로사와 아키라 감독의 〈거미집의 성〉이라는 영화는 셰익스피어의 《맥베스》가 원작이며, 구로사와 아키라 감독의 〈7인의 사무라이〉는 〈황야의 7인〉이라는 서부영화로 각색되었다. 또한 〈웨스트사이드 스토리〉는 《로미오와 줄리엣》에서 착안했다.

이 작품들은 장면이나 설정만 바꾸고 비슷한 스토리로 전개된다. 장면을 바꾸면 다른 디테일도 대부분 바뀐다. 서부극에서 "소인, 여기 있사옵니다"라고 말할 수는 없기 때문이다.

원형을 과감하게 바꾸는 타입의 번안도 있다. 〈HUMAN LOST 인간실격〉(SF 애니메이션)은 다자이 오사무의 《인간실격》을 대담하게 변환하여 SF 다크 히어로물로 만들었다.

넓은 의미에서 번역도 각색에 해당한다. **번역으로 문체를 만들어 갈 수도 있다.** 미국의 소설가 폴 오스터는 소설을 쓰기 이전에 번역을 많이 했던 경험이 좋은 트레이닝이 되었다며 《굶기의 예술》이라는 책에서 밝혔다. 번역을 많이 했던 경험으로 자신의 문체를 찾고 단련할 수 있었다고 한다.

번역은 어학 실력이 필요하지만, 영화나 애니메이션 혹은 만화를 문장으로 트레이닝하는 것은 그리 어렵지 않다.

변환할 때는 자기만의 독창성이 자연스럽게 배어 나온다. 변환의 묶음이 독창성이라고 생각하면 의욕이 나지 않을까.

분량을 소화하기 위해서도 인용을 활용하여 변환하면서
독창성을 단련하기를 바란다.

글을 쓰면 다음 세계가
눈에 들어온다

글쓰기의 프로인 작가에 관해 생각해 보자.

예를 들어, 스포츠 칼럼니스트가 되려면 무엇이 필요할까. 역시 스포츠를 좋아해서 직접 하거나 자주 경기를 관전하는 사람이 적합할까? 그렇지는 않다. 작가로서 실력 있는 사람이 스포츠에 관해 쓰면 스포츠 칼럼니스트가 될 수 있다.

극단적으로 말하면, 실력 있는 음식 칼럼니스트가 스포츠 칼럼을 쓰는 훈련을 하는 게 스포츠를 좋아하는 사람이 스포츠 칼럼니스트가 되는 길보다 빠르다. 운동신경이나 스포츠 관전 이력보다 **스포츠에 관한 글을 많이 써 보는 것이 스포츠 칼럼리스트로 가는 지름길이 된다.**

문장력을 기르려면 글을 쓰는 기본 작업이 중요하다는 사실을 이해하자.

여기서 말하는 트레이닝이란, 흥미나 관심에 이끌려 '나는 소설은 좋아하지만, 논문은 별로야' 혹은 '논리적인 글은 좋아하지만, 소설은 전혀 내 취향이 아니야'와 같은 호불호와 무관하다. 어떤 분야든 상관없으니 양을 소화해야 한다.

어른이 〈무민〉 줄거리를 써도 괜찮다. 실제로 어른이 애니메이션을 보고 그것을 소설화하는 작업을 하면 상당히 매수가 늘어난다. 그렇게 10장, 20장이 되면 자신감이 붙어 '소설이나 써 볼까!' 하는 욕심마저 든다. **욕심은 할 수 있다는 자신감과 경험에서 생겨나는 법이다.** 그런 게 전혀 없다면 욕심조차 생기지 않는다.

이 욕심이 성장의 큰 원동력이 된다. 양을 소화함으로써 스스로 끊임없이 새로운 에너지를 솟게 할 수 있다.

1장

글쓰기는 생각하는 힘을 기른다

쓰기 전에
생각한다

글쓰기는
문장을 구축하는 것이다

글 쓰는 힘을 기르려면 '문장은 구축물'이라는 사실부터 명확히 인식해야 한다.

문장을 구축한다는 의식을 갖고 발상부터 실제로 쓰는 단계까지 갈 수 있다면, 누구나 적정 수준 이상의 글을 쓸 수 있다.

본격적인 글쓰기로 들어가기 전에 **키워드를 찾고 키워드에서 세 개의 키 콘셉트를 만든 다음 세 개의 키 콘셉트를 연결하여 문장을 구축**하는 방법을 소개하겠다.

이 방법은 사람들이 쓸 기회가 많은 소논문이나 기획서, 평론 같은 논리적이고 객관적인 문장을 작성하는 데 매우 효과적이다. 이를 바탕으로 소설 같은 감정적이고 주관적이며 예술적 면이 강한 문장에도 응용할 수 있다.

글을 쓴다고 하면, 작가가 원고지를 마주하듯 눈앞에 새하얀 원고지를 두고 한 칸 한 칸 메워 가는 모습을 떠올리는 사람이 있는데 이것은 큰 오해다. 실제로는 그렇지 않다.

작가 중에도 다양한 타입이 있다. 개중에는 무엇을 쓸지 전혀 생각하지 않다가 원고지를 앞에 두고 떠오른 무언가를 써 내려가다가 차츰 틀을 갖춰 마지막에 어떻게든 작품이 나오는 사람이 있을지도 모른다.

그러나 대부분의 작가는 그렇지 않다. 특히 어느 정도 이상 긴 작품으로 일정 수준 이상의 작품을 남긴 작가는, '반드시'라고 해도 좋을 만큼 그런 방식과는 거리가 있다.

일단 머릿속에 소재를 구상하고 꼼꼼하게 창작 메모를 한 후 이를 바탕으로 써 내려간다. 창작 메모를 하지 않는 작가도 있지만, 그런 경우 머릿속에 문장이 상당히 견고하게 구축되어 있다. 글을 잘 쓰는 사람일수록 쓰기 전 밑 작업이 견고하다.

프로 작가는 대부분 문장을 구축하는 작업을 한 후에야 쓰기 시작한다. 하물며 글쓰기에 익숙하지 않은 사람이 갑자기 제대로 된 글을 쓸 수 있으리라 생각하는 자체가 엄청난 착각이다.

글쓰기는 무에서 유를 창조하는 작업이 아니라, 머릿속에서 구상한 것을 형태로 만들어 내는 작업, 즉 **구축**하는 작업이다.

구축하려면 당연히 깊이 생각해야 한다.

글쓰기를 마치 재즈 라이브 연주처럼 그 자리의 분위

기나 순간의 감정에 따라 즉흥적으로 표현할 수 있다고 생각한다면 그것 또한 큰 착각이다.

재즈 연주가는 분명 즉석에서 창작곡을 연주하기도 한다. 하지만, 대개는 연주 전에 이미 머릿속에 곡이 완성되어 있다.

머릿속에 미리 그려 놓은 곡이 무대에 섰을 당시의 분위기와 긴장감 속에서 연주라는 형태로 나온다. 연주되는 스타일과 똑같지는 않아도 이미 만들어진 곡이 콘서트장 분위기 속에서 연주라는 형태로 나온 것이다.

프로 중의 프로 연주가도 마찬가지다. 그런데 **아마추어가 악상도 없이 무대에 올라 라이브 연주를 시도하는 것은 무모하기 짝이 없는 일이다.**

아무 생각 없이 즉흥적으로 글을 쓰려는 것은 프로 중의 프로 연주가가 무대에서 라이브로 연주하는 것을 아마추어 연주가가 흉내만 내는 것과 다르지 않다.

(ONE POINT)

망설이지 않고 쓰려면 사전 준비가 필요하다. 소재를 열거하고 순서대로 나열한다. 전체 비전이 보이면 단연 물 흐르듯 나아간다.

글말은 시간을
초월하여 남는다

글쓰기 방법론으로 흔히 '말하듯이 쓰면 된다'고들 한다. 말은 늘 하니까 말하듯이 쓰면 별로 힘들이지 않고 자연스럽게 쓸 수 있다는 게 핵심이다.

하지만, 원래 **말하기와 쓰기는 전혀 다른 행위**이다. 그 점을 모르는 사람이 많다.

일단 말하는 것은 기본적으로 매우 사적인 행위. 그에 반해, 글로 쓰는 것은 말하는 것처럼 그 자리에서 사라지는 게 아니라 문자로 남는다. 이로써 **글로 쓰는 것은 공적인 행위가 된다.**

예를 들어 "저 녀석은 멍청해!"라고 말했더라도, 빙그레 웃으면서 하는 말이라면, 멍청하다는 말이 상대를 깎아내리는 게 아니라 애정이 담긴 호의의 말임이 전해진다.

그런데 이 말을 글로 쓰면 어떨까. 그 자리의 분위기나 뉘앙스를 상당히 능숙하게 표현하지 않는 한 "저 녀석은 멍청해!"라는 말이 고스란히 문자로 굳는다. 그것이 글말,

즉 문자의 두려움이다.

쓰기의 기본적인 기능은 체험과 경험의 의미를 확고히 하는 데 있다. 체험이나 경험의 의미를 확고히 하려면 슬로모션으로 필름을 돌리듯이 말로 체험을 정착시켜야 한다.

정착력은 글로 쓰는 말의 특징 중 하나다. 체험은 그냥 두면 흘러가 버린다. 그것을 글로 표현하고 나중에 다시 읽는 형태로 당시의 마음 상태를 읽어 낼 수 있다.

입말이 한순간에 사라지는 데 반해, **글말은 정착되어 시간을 초월하여 남는다.** 이것이 글말의 위력이다. 글말의 기본적인 기능은 문장의 영원성을 활용하여 불안정한 부분을 그때마다 확고하게 정착시켜 경험을 의미 있는 것으로 만드는 데 있다.

입말과
글말의 차이

물론 입말의 강점도 있다.

위대한 종교가인 예수, 석가, 공자 등은 그들 자신이 직접 쓴 글은 남기지 않았다. 그들 스스로 사상을 문자로 남기지 않은 이유는 무엇일까.

말을 글로 정착시키는 순간 진실이 빠져나간다고 생각했기 때문이 아닐까.

당시 그들은 사람들에게 상황에 따라 즉흥적으로 말을 건넸다. 각각의 상황에서 의미를 갖는 말의 힘을 알고 있었다. **어떤 분위기에서, 특정한 문맥 안에서 하는 말이 가장 생명력이 강하고 사람들에게 호소력을 갖는지 익히 알고 있었다.**

그런데 그 말을 문자로 쓰는 순간, 전혀 다른 의미를 갖게 된다. 다른 상황의 사람들, 시대도 문화도 다른 사람들이 읽게 되면 당시 상황과 배경에 대한 설명이 필요하다.

종교가가 상대했던 민중은 그 시대, 그 상황에 놓인 사람들이다. 당시 상황에 따라 전혀 모순된 말을 하기도 했다. 하지만 그 상황에서는 그 말이 가장 호소력이 강해 상대의 마음에 닿았다.

그들의 말은 직접 쓴 것이 아니라 대부분 제자가 남겼다.

종교가는 아니지만, 철학자 소크라테스도 직접 쓴 글은 남아 있지 않다. 제자 플라톤이 그가 어떤 상황에서 어떤 언동을 했는지 기록했을 따름이다.

쓰는 행위로 말미암아 말은 그 사람의 신체에서 분리되어 특정한 상황으로 떨어진다. 오해하기 쉬운 면이 있는 만큼 **문자로 쓸 때는 공공성을 의식해야 한다.**

문자로 된 글은 그 글을 쓸 당시 상황을 알지 못하는 사람들이 나중에 어떤 상황에서 읽을지 모른다.

그것이 입말과 글말의 큰 차이다.

말하듯이 쓰는 방법은 입말과 글말 각각의 특징과 공공성을 전혀 고려하지 않은 위험한 것이다. 두 말의 차이를 명확하게 의식하지 않는 한, 쓰는 힘은 절대 향상되지 않는다.

컴퓨터로
쓰는 힘을 기른다

입말과 글말의 차이는 그 역사를 살펴보면 명확해진다. **인류의 지적 수준은 쓰는 행위, 즉 문자가 발명되고부터 비약적으로 성장했다.**

입말은 수만 년 전부터 있었지만, 문자가 책의 형태로 정착한 역사는 고작 수천 년 정도에 지나지 않는다. 문자가 만들어지면서 비로소 한 사람의 생각이 많은 사람에게 전해졌고, 시간을 거쳐 다음 세대로까지 이어지게 되었다. 그 결과, 지식의 집적이 가능해졌다.

글로 쓰는 문자의 역사는 새로운 발명품을 활용해 온 역사이기도 하다. 인쇄기를 발명하고 서적이 대량으로 생산되면서 손으로 필사하던 시대에 비해 문화는 비약적으로 발전했다.

더욱이 현대의 컴퓨터 시대로 접어들면서 쓰는 것은 질적인 변화를 이뤘다. 원고지 빈칸을 한 글자 한 글자 메워 가거나 리포트 용지의 첫 줄부터 써 가는 작업에서는 고민하면서 펜을 들고 틀리면 처음부터 다시 써야 하는 헛된 작업의 반복이 있었다.

하지만, 컴퓨터로는 일단 쓰고 싶은 것을 무작위로 쓰다가 나중에 얼마든지 자유롭게 수정하거나 배열을 바꿀 수 있다.

컴퓨터는 문장 구축력을 다지기에 매우 적합한 기기다. 헛되이 버리는 시간 없이 문장을 입력할 수 있고 나중에 몇 번이고 퇴고할 수 있기 때문이다. 그런 의미에서 지금은 누구나 쓰는 힘을 기르기 쉬운 시대가 되었다.

나 역시 손으로 쓰다가 워드프로세서를 사용하고 다시 컴퓨터를 사용하게 되면서 쓰는 힘이 비약적으로 향상했다. 메모 정도는 지금도 손으로 쓰지만, 사람들이 보는 문서를 작성할 때는 당연히 컴퓨터를 사용한다.

이렇게나 편리한 기기가 생겼는데 마다할 이유가 없다. 컴퓨터를 적극적으로 활용하여 쓰는 힘을 기르자.

(ONE POINT)

독서로 어휘력을 단련하면 '이 말은 문장에서 사용하는 말로 적합한가?'라는 글말에 대한 기준이 생긴다.

쓰면 쓸수록
아이디어가 솟는다

나는 컴퓨터를 사용하면서 논문 쓰는 양이 급격히 늘어 났다.

그 이유 중 하나는 **쓰는 속도가 나의 사고 속도에 가까워졌기 때문**이다. 다시 말하면, 수기보다 타이핑이 생각하는 속도에 가까워진 것이다.

또 한 가지 큰 이유는, 문장을 덜어 내는 작업이 간단해졌기 때문이다. 하나의 논문을 쓰려면 다양한 소재를 엮어야 하지만, 실제로는 분량이 한정되어 모든 소재를 다 담을 수 없다. 덜어 낼 소재가 많다.

처음에는 잘하려다 보니 의욕이 앞서 아무래도 소재를 너무 많이 담는다. 그러면 오히려 논문의 가닥이 잡히지 않는다. 요리할 때 이것도 넣고 싶고 저것도 넣고 싶다고 모든 재료를 넣으면 오히려 맛이 깨진다.

불필요한 것은 덜어 내야 한다. 그 작업이 컴퓨터의 등장으로 한결 수월해졌다.

게다가, **당면한 논문을 작성할 때 사용하지 않는 소재 중 다음 논문 소재가 될 만한 것들이 반드시 한두 개는 나온다.** 그것들을 컴퓨터에 저장해 뒀다가 다음 논문을 쓸 때 활용한다. 지금 쓰고 있는 논문을 마무리하면 바로 다음 논문으로 들어갈 수 있다.

이렇게 모은 소재 중에 논문에 담지 않은 소재가 있다면, 그것이 다음 논문의 테마가 되기도 한다. 이런 식으로 논문의 소재가 끊이지 않게 된다.

하나의 논문을 완성하면, 다음에 쓸 논문의 테마가 2개 정도 눈에 들어온다. 이런 순환에 들어가면 쓰면 쓸수록 쓸거리가 생겨 계속해서 쓸 수 있다.

이를테면 발자크의 소설 《인간희극》 같은 것이다. 첫 소설에서 조역으로 등장한 인물이 다음 소설에서 주역이 되고, 다시 그 소설에서 조역으로 등장한 인물을 주역으로 등장시키며 계속해서 이야기를 풀어 간다. **쓰면 쓸수록 쓰기가 수월해진다.**

그런데 생산성이 낮은 사람은 하나의 논문을 좀처럼 완결하지 못하고 주야장천 논문 하나에만 매달린다. 그래서는 다음 논문 테마를 찾기 쉽지 않을뿐더러 지금 쓰는 논문도 마무리하기 어렵다.

무언가를 쓸 생각이라면 **소재를 미리 컴퓨터에 입력해 둔다. 그리고 리스트를 만들어 훑어본다.**

소재를 모은다고 사전 준비에 너무 시간을 할애하는 것은 금물이다. 소재를 모으는 데만 만족하거나 지쳐서 본질을 놓치면 안 되기 때문이다. 소재 수집은 어디까지나 글을 쓰기 위한 계기임을 잊어서는 안 된다.

2.

사고력을
단련한다

글쓰기는
뇌를 단련한다

말을 잘하니까 글도 잘 쓸 거라고 생각하는 사람이 있다.

하지만 그 생각은 캠핑장에서 동료들과 탁구를 하면서 자기가 탁구를 잘한다고 생각하는 것과 같다. 그러나 스포츠로써 탁구를 하는 것은 전혀 다른 문제다.

남과 다른 특이한 체험을 한 사람이 자신의 체험을 말하듯이 쓴다면 나름 재미있게 쓸 수 있다. 하지만 그것은 특이한 체험에 가치가 있을 뿐, 말로 해도 재미있는데 굳이 문자로 바꿔 놓은 것에 지나지 않는다.

그런 글쓰기는 남과 상당히 다른 독특한 시점을 가졌거나, 특이한 체험을 하지 않는 한 아무것도 쓸 수 없다.

이 책은 누구나 글쓰기로 사고력을 단련하여 자신만의 시점을 갖게 되는 것을 목표로 한다.

평소에 하는 말을 장황하게 글로 옮겨서는 읽는 사람이 재미나 흥미를 느끼기 어렵다. 별 의미가 없는 이야기라도 말로 할 때는 상대가 들어 준다. 말하는 사람 역시 특별한 의미를 두고 이야기하지는 않지만, 글쓰기는 다르다.

왜 글쓰기를 하면 사고력이 단련될까. **쓰는 작업에서는 항상 뇌를 최대한 활용해야 하기 때문이다.**

그렇다고 자기 생각을 그냥 쓰기만 해서는 뇌가 단련되지 않는다. 의미 있는 문장도 쓸 수 없다.

요즘 젊은이들은 감정을 카피처럼 짧은 문장으로 표현하는 데는 능숙하지만, 긴 문장으로 표현하는 것은 어려워한다.

감정을 재치 있게 말로 하는 것과 깔끔하게 정리된 문장으로 쓰는 것의 뇌의 작용법은 전혀 다르다.

재치 있는 카피는 아이디어만으로 쓸 수 있다. 그러나 테마가 있고 논지가 뚜렷한 글을 쓰려면 무엇을 쓸지, 문장을 어떻게 조합할지, 어떻게 해야 예리한 견해를 밝힐 수 있을지 생각해야만 한다.

쓰기 위해서는 그런 작업을 차례차례 해 나가야 하니 뇌를 최대한 가동할 수밖에 없다.

쓰는 작업에는 **치밀하게 사고하는 작업이 따르기 때문에 글쓰기는 뇌를 단련시킨다.**

길고 정리된 문장을 쓰는 것은 고속도로 위 장거리를 달리는 것과 같다. 그만큼 체력과 지력이 필요하다. 달리기도 연습을 반복하고 장거리를 오가야 단련되듯이, 글쓰기 역시 **실제로 문장을 쓰는 트레이닝을 반복해야 단련된다.**

의미의
함유율을 높이자

글에는 편지, 논문, 보고서, 소설 등 다양한 종류의 형식이 있다. 이 책에서는 편지나 메일 같은 사적인 글이 아니라 공적인 글을 다룬다. 자기의 생각을 부족함 없이 표현하고 객관적인 자료로서 사람들에게 제시하여 이해시키는 평론이나 논문, 기획서가 여기에 해당한다.

어떻게 해야 글을 잘 쓸 수 있을까.

능숙한 글쓰기의 기본은 스포츠의 기본과도 통한다. 스포츠를 잘하려면 무엇보다 **지금 자신의 상태가 어느 수준에 있는지 아는 게 중요하다.**

자신의 상태가 시시각각 변화하는 것을 세심하게 관찰할 수 있다면, 그것만으로도 충분히 발전할 여지가 있다.

자신의 현 상태를 알지 못한 채로는 발전이 없을뿐더러, 사람들이 공감하는 글을 쓸 수도 없다.

술자리에서 자기 딴에는 재미있다고 열심히 이야기하는데, 했던 이야기를 하고 또 하는 바람에 내용이 부실한 건 둘째 치고 아예 알맹이가 없을 때도 허다하다. 게다가 당사자는 그 사실조차 깨닫지 못한다.

술에 취해 말은 할 수 있어도 글은 쓰기 어렵다. 그 이유는 글쓰기는 특히 생각이 필요한 작업이기 때문이다. 따라서 쓰는 작업은 대단히 피로도가 높다.

그러나 **일단 쓰는 데 푹 빠져들면, 다 쓴 후에 스스로 한 걸음 성장했음을 실감할 수 있다.**

리포트도 400자 원고지 4~5장 정도는 머릿속 구상만으로 쓸 수 있지만, 10장이 넘어가면 쓰기 전에 충분히 문장을 **구축**해 둬야 한다.

즉흥적으로 쓰면 도중에 추진력이 떨어져 논리가 일관되지 않아 전체적으로 문장이 장황해진다. 당연히 완성된 논문을 보면 무슨 말을 하려는 건지 알 수 없다.

이 책에서 말하는 쓰는 힘이란, 어느 정도의 분량, 즉 400자 원고지 10장 이상의 긴 글을 쓰는 힘이다. 그러려면 기본적인 통찰력을 바탕으로 문장을 구축해 가는 힘이 필요하다.

일정 분량 이상의 글을 쓸 때는, 자기의 생각에 의미가 없으면 남을 이해시키기 어렵다. 나중에 다시 읽어 봐도 내용이 없는 것 같다면, 그 글은 다른 사람에게 통하는 공공성이 없기 때문이다.

말할 때는 자기가 말하는 내용이 알차다며 득의양양인 사람도 그 말을 문장으로 썼을 때는 얼마나 얄팍하고 무의미한 내용이었는지를 깨닫는다. 그것이 생각하는 계기로 이어진다.

문장을 쓸 때는 그 문장에 어느 정도 의미가 담겨 있는지, 의미의 함유율이 중요하다. 설령 400자 원고지 한 장이어도 그 한 장에 얼마만큼 의미가 담겨 있는지 항상 염두에 둬야 한다.

나쓰메 소세키의 문장을 읽어 보면 그 문장이 얼마나 빼어난 문장인지를 떠나, 거기에 얼마만큼 의미가 담겨 있는지를 알 수 있다. 무의미한 문장이 거의 없다.

나쓰메 소세키의《도련님》서두 문장을 읽어 보자.

부모에게 물려받은 물불 가리지 않는 성격 탓에 항상 손해만 봐 왔다. 소학교 시절 학교 2층에서 뛰어내려 허리를 삐는 바람에 일주일 정도 드러누운 적이 있다.

소세키는 이 간단명료한 문장으로 에도코(도쿄 토박이)이면서 단순하고 성실한 주인공의 성격을 명확히 묘사했다.

지적 능력을 단련하려면 글쓰기부터 시작한다. 자력으로 글을
쓸 수 있는 사람은 사고나 감정을 말로 풍부하게 표현할 수 있는
사람이다.

글을 잘 쓰는 첫걸음은 '의미의 함유율'을 높이는 것이다. 말할
때는 그 말에 의미가 몇 퍼센트 함유되어 있는지를 의식하자.

글말로
이야기한다

글을 쓴다는 것은 그 문장에 얼마만큼 의미가 있는지 의미의 함유율을 항상 의식하면서 생각해 가는 작업이다.

말은 하는 순간 바로바로 사라진다. 따라서 지금 하는 말에 얼마만큼 의미가 담겨 있는지 의미의 함유율을 적확하게 판단하며 이야기하기 어렵다.

내용 있는 이야기를 하기 위해서도 글쓰기 과정을 통해 **의미의 함유율을 확실하게 느끼는 감성**을 배양해야 한다.

그 힘을 기르면 말할 때도 글을 쓰는 듯한 이미지가 떠올라 의미의 함유율이 높은 이야기를 할 수 있다.

나는 주로 90분 정도의 강연을 많이 하는데, 강연 중에는 컴퓨터로 말을 아주 빠르게 타이핑하는 이미지가 머릿속에 맴돈다. 주어와 술어가 꼬이지 않게 제대로 대응하고 있는가, 지금 하는 이야기가 다음 이야기에 어떤 식으로 이어지는가, 하는 식으로 **문장의 구성, 장의 구성, 절의 구성 방식 등을 의식하면서 이야기한다.**

머릿속에 그런 이미지가 명료하게 떠오르면, 오히려 감각이 살아나 곁길로 새더라도 문제없다. 이야기의 구축이 견고하면 살짝 곁길로 새더라도 되돌아오는 것은 어렵지 않기 때문이다.

제대로 구축하지 않은 채 이야기하면 당사자도 이야기가 어디로 가는지 알지 못한다. 당사자가 무슨 이야기를 하는지 알지 못하는데, 청중이 강연자의 의도를 헤아릴 리 만무하다. 이래서는 바로 지루해진다. 강연자가 아무것도 보지 않고 90분 정도 이야기했는데, 청중이 의미 있는 내용이었다고 느꼈다면, 그 강연은 상당히 수준 높았다고 할 수 있다.

내가 청중이 듣고 싶어 하는 이야기, 즉 견고하게 구축되어 의미 있는 이야기를 할 수 있게 된 것은 지금까지 수많은 논문을 쓰는 훈련을 반복해 왔기 때문이다.

문장력을 기르면 내용 있는 이야기를 할 수 있다. 왜냐하면 사고력이 깊어지기 때문이다.

글을 쓸 때는 자신의 사고에 얼마만큼 의미가 있는지 확인하는 것이 포인트다. 그 자체가 사고력을 단련하는 훈련이 된다.

문장력을 기르는
독서

문장력, 즉 글말로 이야기하는 힘을 기르려면 반드시 읽는 행위가 필요하다.

좋은 문장을 쓰는 사람은 예외 없이 엄청난 독서량을 자랑한다. 다만, 목적 없는 남독이 아닌 문장력을 기르기 위한 독서법이 있다.

앞으로의 시대는 매사를 명확하게 생각하는 힘이 없으면 대단히 불리해진다. 비즈니스맨의 양극화도 예상된다. 생각하는 일, 기획하고 그것을 실행하거나 프로젝트를 만들어 수행하는 능력 있는 사람이 회사의 핵심 구성원이 되고 그 이외의 대체 가능한 직종은 아르바이트나 비정규직으로 구성될 것이다.

앞으로는 생각하는 힘, 사고력이 그 사람의 인생을 크게 좌우할 테니 문장력을 배양하여 사고력을 길러 둬야 한다.

깊이 있는
사고력을 기르려면

기획서를 쓸 때 핵심은 서식이나 형식이 아니다. 기획서의 내용이나 기획 자체에 의미가 있는지, 그것이 사람들에게 강한 인상을 줄 수 있는지가 중요하다.

기획 자체에 의미가 있으면 말하고자 하는 바가 사람들에게 제대로 전해지지만 의미가 없으면 표현이나 형식이 아무리 깔끔해도 제대로 전해지지 않는다. 쓰는 방식과 시각적인 면에 신경 쓴 흔적, 카피라이터 같은 뛰어난 감각, 재치 있는 표현 같은 사항은 별로 중요하지 않다.

기획 자체에 의미를 갖게 하려면 테마를 깊고 탄탄하게 생각하는 힘이 필요하다.

제시 방식이 문제가 아니라 기획 자체를 엮는 방법이 문제다. 엮는 것은 머릿속에서 모든 상황을 설정하고 사람들이 의문을 가질 법한 부분을 전부 제거한 다음 간단하고 알기 쉽게 정리하는 작업이다.

사람들이 아무리 생각해도 대체안이 쉽게 떠오르지 않

는 부분까지 파고들 정도로 깊이 생각하는 힘이 필요하다.

이러한 사고의 끈기력도 글쓰기로 익힐 수 있다.

3.

글쓰기는
가치를
창조한다

새로운 의미를
낳는 행위

글을 쓰는 동기는 다른 사람에게 전하고 싶은 내용이 있어서다. 그 내용을 바르게 전하려면 문장을 제대로 구축할 필요가 있다.

논리적이면서 생명력이 넘치는 문장은 개인적인 체험인지 객관적인 내용인지를 떠나 문장이 얼마나 잘 구축되어 있느냐로 정해진다. 일단 **읽는 사람의 "그래서 무슨 말이죠?"라는 질문에 즉각 답할 수 있는지, 즉 주제를 제대로 드러내고 있는지에 달려 있다.**

나는 도스토옙스키의 《죄와 벌》을 몇 번이나 읽고 또 읽었다. 그 책을 볼 때마다 '이런 이야기도 쓰여 있었구나' 하고 새로운 발견을 한다. 그것이 가능한 이유는 작가가 이 소설을 무의식중에 우연히 쓴 게 아니라 철저히 의식하고 썼기 때문이다.

글을 쓰는 행위에 우연이란 없다. 마치 손이 저절로 움직인 것처럼 무의식에 문장이 쓱쓱 떠올라 작품이 완성되는 일은 없다. 자신과 정면으로 마주해야 비로소 글을 쓸 수 있다. 글을 쓴다는 것은 자신의 의식과 깊이 이어지는 행위다.

나는 도스토옙스키의 작품을 읽을 때마다 작품에 담긴 방대한 의미에 압도되어 그가 얼마나 천재적인 작가인지를 깨닫는다.

쓰는 행위는 새롭게 의미를 창출하는 것이다. 의미를 창출한다는 것은 가치를 창출하는 것이다.

그 점을 많은 사람이 간과하고 있는 듯하다. 글쓰기의 프로인 사람도 다르지 않다. 비평가라 불리는 사람 중에는 작품을 헐뜯는 게 일이라고 생각하는 사람이 적지 않다.

그들은 남의 작품에 관해 쓸 때 그 작품에서 의미를 찾아내기는커녕 대부분 헐뜯고 가치를 깎아내리는 말만 쓴다. 그런 비평을 읽은 사람은 그 작품을 읽을 마음이 사라진다. 그들은 작품을 헐뜯는 것으로 '나는 이렇게 예리한 시선을 가졌다', '내 생각은 이렇다'라고 자기주장을 한다.

작품을 비평하는 것은 그 작품과 이어지려는 독자에게 새로운 만남을 제공하는 일이다. 거기에 비평을 쓰는 의미가 있다.

독자가 그 작품을 읽을 때 알아 둬야 할 사항, 즉 독자의 시야를 넓히는 계기를 만들고 독자의 뇌와 작가의 뇌가

감응하여 불꽃이 튀는 듯한 만남의 기회를 부여하는 것이 진정한 의미의 비평이다.

유감스럽지만, 그런 만남을 창출하는 비평은 적다. 의미를 창출하기는커녕 가치를 깎아내리는 비평이 많은 게 지금의 현실이다.

어디에든 해당하지만, 가치 있는 것을 찾아내고 가치를 높여 새로운 가치를 창출하는 것은 매우 어렵고 대단한 일이다. 반대로 가치를 깎아내리거나 가치를 잃게 하는 것은 매우 간단하다.

모차르트가 출현한 후 음악의 세계는 크게 변했다. 그때까지 세상에 없던 음악이 창출된 것이다. 그 곡을 음미하고 이야기하고 분석하는 많은 사람에 의해 더욱 방대한 가치가 생겨났다.

만일 비평가가 모차르트가 작곡한 곡에 "이 정도 곡은 널리고 널렸다. 들을 가치가 없다"라며 비평하고, 그 가치관이 널리 퍼진다면 어떨까. 모차르트의 가치가 떨어질 뿐아니라, 실제로 많은 사람이 모차르트의 곡을 들을 기회를 잃어 풍요로운 음악 세계를 즐길 기회마저 날아간다.

위대한 작품은 그 안에 방대한 의미기 함유되어 있디. 한 인간이 평생을 걸쳐 노력해도 흡수할 수 없을 만큼 깊은 의미가 담겨 있는 것만 보아도 가히 천재의 업적이라 평할 만하다.

글에는 대부분 많든 적든 어떤 소재가 있다. 그런 의미에서는 평론을 할 수 있다.

무언가를 소재로 글을 쓸 때는 거기에서 새로운 가치를 발견하고 창출하는 데 의미가 있다.

(ONE POINT)

좋은 문장이란, 독자의 감정을 자극하거나 지금까지 갖고 있던 사고를 움직이게 한다. 독자의 변화를 촉구한다.

(ONE POINT)

새로운 가치관이나 의미를 창조하는 것이 중요하다. 우리가 필요로 하는 문장은 발견이나 새로운 인식, 깨달음이 담긴 것이다.

가치를 깎아내리는 글은
쓰지 않는다

글을 쓸 때는 절대 **비방하지 않도록 주의해야 한다.** 최근에는 인터넷에 글을 올리는 사람이 많은데, 인터넷 게시판은 중상 비방이 횡행하고 있다.

쓰는 사람은 비방하고 험담하면서 스트레스가 해소될지 몰라도, 읽는 사람에게는 절대 기분 좋은 일이 아니다. 거의 스트레스 발산 창구가 된 듯한 모양새다.

손쉽게 메시지를 주고받고, 간단하게 블로그를 만들수 있는 시대다 보니 누구나 가볍게 글을 써서 많은 사람이 읽을 수 있게 되었다. 그것이 나쁘다는 말이 아니다. 하지만 중상 비방을 주고받는 창구가 되어서는 부정적인 영향이 더 크다.

인터넷상에서 쓰는 글이 부담이 적은 이유는, 종이에 쓰는 것과 달리 화면상에서 바로 삭제할 수 있어 남는 게없다는 감각 때문이다. 컴퓨터의 보급으로 쓰는 것에 부담이 없어진 지금이야말로 인터넷상에서 중상 비방은 절대

하지 않는다는 규칙을 세워야 한다.

글을 쓰는 행위는, 그대로 두면 엔트로피(무질서 상태)가 증가하여 점점 따분하고 무의미해지는 일상에 의미라는 구축물을 세워가는 작업이다.

그런데 남을 비방하는 글로 일상에 무의미를 증가시키는 행위는 글쓰기의 의미를 완전히 잘못 파악한 것이다.

글쓰기는 가치를 깎아내리는 것이 아니라 가치를 찾아내기 위한 행위임을 꼭 의식하자.

새로운
깨달음이 있는가

글을 쓸 때는 주장하는 내용을 부족함 없이 담는 것을 목표로 한다. **주장하는 내용이란, 글을 쓰는 사람의 새로운 깨달음이다.**

새로운 깨달음이라고 하여 지금까지 아무도 말하지 않은 것일 필요는 없다. 본인이 새로운 깨달음을 얻었다면 그걸 쓰면 된다.

다만, 그것이 아무도 이해하지 못하는 것이어서는 곤란하다. 이를테면, 동인지같이 특정 집단에서만 통용되는 독선적인 글이 있다. 자기들끼리만 통하는 글, 자기 만족적인 글에는 진정한 의미에서 주의나 주장이 있다고 할 수 없다.

주의나 주장이 있는 문장이란, 의미가 충분히 담겨 그것을 제삼자가 명쾌하게 이해할 수 있는 문장이다. 그런 문장은 외국어로 번역하기도 쉽다.

번역은 말이 아닌 의미를 전하기 때문이다. 우리말을

영어로 옮길 때 어감이나 미묘한 표현의 효과를 그대로 번역하기란 불가능하나 거기에 담긴 의미만은 바르게 전할 수 있다.

문장이어도 의미가 담기지 않은 우리말은 외국어로 옮기기 어렵다. 바꾸어 말하면, 의미가 제대로 담겼는지는 번역 가능 여부에 따라 판단할 수 있다.

글로벌 사회에서는 영어나 여타의 외국어를 말하는 것 이상으로, 번역이 가능한 의미 있는 문장을 생각하는 힘이 필요하다.

깊이 생각하여 의미가 확실하다면 아무리 어려운 내용이어도 외국어로 옮기는 것은 생각만큼 어렵지 않다.

쓰는 행위로 자기가 지금 무엇을 하는지 되돌아보고 확인하면서 나아갈 수 있다. 눈에 보이는 형태로 그곳에 문장이 남는다. 그것이 음성 언어가 아닌 문장의 장점이다.

글로
사람과 이어진다

컴퓨터와 인터넷 그리고 휴대전화 메신저가 보급된 결과, 사적인 감각으로 글을 쓰는 일이 많아졌다.

개인에게 일어난 일, 그 일에 대한 감상 등을 SNS에 쓰거나 메시지로 지인에게 전하는 글은 사실 특별한 훈련 없이도 쓸 수 있다.

하지만, 개인적이지 않은 내용의 글을 써서 남에게 전하려면 제대로 쓰는 훈련이 필요하다.

공적인 감각은 훈련하지 않으면 몸에 배지 않는다.

공적인 감각은 의식하고 훈련을 거듭해야 몸에 배어, 어떤 장소에서 어떤 사람과도 제대로 이어질 수 있다. 이것이 글쓰기로 획득할 수 있는 자유다.

사적인 영역이니까 뭐든 써도 괜찮다고 생각하면 글쓰기에서 중요한 부분을 놓치게 된다.

개인적인 메시지를 주고받는 것이 글 쓰는 계기가 되는 게 나쁘다는 말이 아니다. 단지, 그것만으로 끝나면 본

질적인 문장력을 기를 수 없다.

글쓰기는 글쓴이를 개인적으로 알지 못하는 많은 사람에게 바르게 내용을 전하는 것이다.

그런 공공성을 의식하는 감각을 잃어버리면, 글쓰기가 오롯이 개인적 행위가 되어 때에 따라서는 단순한 자기만족이나 개인의 감정 분출구가 될 수밖에 없다.

글을 쓸 때는 사적 모드와 공적 모드를 자유롭게 오가는 힘을 갖도록 훈련할 필요가 있다. 그것이 글쓰기의 폭을 넓힌다.

공적 문서의 대표 격으로 관료 보고서를 들 수 있는데, 거기에는 '나'라는 주체가 들어가지 않는다. 쓰는 사람의 시점이 어디 있는지 알 수 없다. 공적 문서는 주체를 배제하는 형태로 객관적 사실만을 나타내야 한다.

이러한 객관적 사실만을 나타낸 글도 쓸 수 있는 한편, 주관적 글도 쓸 수 있어야 한다. 객관과 주관을 오가는 게 가능해지면 그것을 엮어 문장을 쓸 수 있게 된다.

주관과 객관을 오가는 힘을 익히려면, 먼저 자신의 의식 속에서 주관과 객관을 오갈 필요가 있다.

글쓰기 아이디어는 자신을 깊이 관찰하여 내면의 경험이나 암묵지(언어화되지 않고 축적된 지식) 안에서 짜낸다.

이 시점에서는 당연히 주관적 색이 짙다. 그것들을 정

리하여 그룹으로 나누고 전체적으로 구상해 가는 중에 객관적 사고가 작용한다. 이 단계에서 논리가 일관되도록 문장을 견고하게 구축한다.

아이디어(소재)를 내기까지는 주관이 크게 작용하지만, 그 후 작업부터는 객관이 주체가 되어야만 문장을 구축해 갈 수 있다.

그래서 실제로 문장화하는 작업이 된다. 문장화할 때 객관성을 강하게 드러내면 관료 보고서 같은 문장이 된다. 보고서처럼 객관성이 요구되는 문서라면 상관없다. 아니, 오히려 그쪽이 바람직하다.

하지만 리포트를 쓸 때 객관성이 너무 강하면 개성이 나오지 않을뿐더러 재미도 없다. 능숙하게 주관적 요소를 엮어 객관과 주관을 오가야 글쓴이의 숨결이 느껴지는 문장을 쓸 수 있다.

논리적이면서 말하는 사람의 주관이 전해지는 문장이 균형 잡힌 좋은 문장이라는 의미이다.

(ONE POINT)

자신의 사고 범위 내에서만 문장을 완결시키자 않고 '다른 사람이라면 이 내용을 어떻게 생각할까?' 하고 상상해 보는 것이 중요하다.

2장

쓰는 힘은 구축하는 힘이다

인용력을
익힌다

쓰기 위한
독서법

다짜고짜 글쓰기를 시작하기 전 글쓰기를 전제로 한 독서가 필요하다. 그냥 읽기만 해서는 안 되고 **글 소재로 활용하겠다는 생각으로 책을 읽어야 한다.** 딱히 논문이나 리포트를 쓰려는 게 아니어도, 기획서로 사용하거나 사람들과 화제로 삼으려고 쓰는 글이어도 상관없다. 구체적으로 사용한다는 전제로 읽으면 훨씬 효율적인 독서를 할 수 있다.

독서는 정보의 인풋이지만, 단순히 지식을 얻는 것만이 아닌 **아웃풋을 의식하면 더 수준 높은 독서가 가능하다.** 글쓰기를 의식하고 읽으면 인풋 작업, 즉 독서가 급격히 활성화된다.

물론, 10대라면 마음 가는 대로 흥밋거리를 찾아 남독하는 것도 지식을 쌓아 기초적인 사고력을 기르는 데 좋다. 청소년기의 독서는 나중에 반드시 피가 되고 살이 된다.

하지만 20대, 적어도 사회인이라면 그런 독서만으로는 비효율적이다. 사회인은 우선 일에 쫓겨 독서할 시간 자체가 적다. 무엇에 어떻게 활용할지 목적의식이 명확해야 더 효율적인 독서를 할 수 있고 활용 능력이 배양된다.

쓰는 힘과 읽는 힘은 당연히 이어진다. **책을 전혀 읽지 않고 재미있는 글을 쓰는 사람은 없다.**

실제로 글솜씨가 뛰어난 사람은 독서량이 어마어마하다. 다만, 방대한 양의 책을 읽었다고 그것이 고스란히 쓰는 힘으로 이어지지는 않는다는 점은 알아 두기를 바란다.

막연히 자신의 흥밋거리로만 다양한 책을 읽어 두고 나중에 그것을 소재로 무언가를 쓰려고 하면 어떻게 써야 할지 막막해진다.

나는 취미로 책을 읽을 때와 일로 책을 읽을 때 읽는 방법이 전혀 다르다.

쓰기를 전제로 책을 읽을 때는 삼색 볼펜을 사용하여 **나중에 인용할 중요한 부분은 빨강, 그냥저냥 중요한 부분은 파랑, 개인적으로 재미있던 부분이나 흥미로운 부분은 초록으로 줄을 긋는다.** 줄을 그은 페이지에 포스트잇을 붙이고 페이지를 접어 나중에 찾기 쉽게 해 둔다.

또한, 어떤 페이지와 어떤 페이지의 내용이 이어진다는 생각이 들면 관련 페이지를 기록해 둔다.

나중에 책을 펼쳤을 때 그 책의 포인트는 어디이고 재

미있게 읽은 부분은 어디였는지 한눈에 알 수 있도록 해 둔다. 그 부분을 보면 내용이 되살아나 인용에 적합한 부분을 바로 알 수 있다.

여기까지 해 두면 그 **책 자체가 글의 소재**가 된다.

독서 노트를 만드는 사람도 있는데 나는 만들지 않는다. **노트를 만들면 오히려 시간이 걸려 비효율적**이기 때문이다. 나도 예전에 노트를 만든 적이 있는데, 들인 시간과 수고에 비해 나중에 사용할 일은 많지 않았다.

독서 노트를 만들려면 시간이 많이 든다. 힘든 작업인데 노트를 만들었다는 사실에 만족하는 걸로 끝날 수 있다.

나는 책을 읽으면서 느낀 점이나 생각을 돌아보는 부분은 페이지 여백에 적어 두고 날짜를 쓴다. 이렇게 하면 **책 자체가 독서 노트도 겸하게 된다.**

책 읽기를 좋아하는 사람 중에 책이 더러워지는 걸 싫어하는 사람도 있다. 희귀본같이 구하기 어려운 귀한 책이라면, 볼펜으로 줄을 긋거나 메모하는 것이 당치도 않다. 하지만 무난하게 손에 넣은 책이라면 책은 읽고 활용해야 비로소 가치를 갖게 되니 계속 메모하고 써야 하지 않을까.

이렇게 독서 노트를 겸한 책은 이후 다양한 방면에서 도움이 된다.

읽고 이해하는 힘은
쓰기를 전제로 향상된다

나에게 읽기와 쓰기는 떼려야 뗄 수 없는 관계다. 책을 읽으면서 영감을 얻을 때가 많아 책을 읽으면 바로 쓸 수 있다.

그 책을 소재로 뭔가를 쓰겠다는 전제하에 읽으면, 글을 쓸 때 탄력이 붙을 뿐만 아니라 더 깊게 읽을 수 있다.

글쓰기를 스포츠에 비유하면, **목적 없이 읽는 것은 연습을 위한 연습에 지나지 않는다.** 아무리 연습해도 절대 시합에서 이기는 힘은 기를 수 없다.

책을 많이 읽어 독서가라 불리는 사람들이 있다. 그런 사람 중에도 의외로 읽는 힘이 부족한 사람이 많다. 그 이유는 쓰는 것을 의식하지 않고 오로지 읽는 즐거움만 추구하기 때문이다.

직업상 책을 많이 읽어야 하는 사람 중에 편집자가 있다. 그들은 확실히 읽는 힘이 있어 내가 쓴 원고에 '이런 세심한 부분까지 읽고 수정을 요청하는구나' 하는 생각이 들게 만들기도 한다.

다만, 편집자의 경우 대부분 읽는 힘이 쓰는 힘으로 이어지지는 않는다. 편집자에게 읽는 힘은 절대적으로 필요하지만, 쓰는 힘은 필수가 아니기 때문이다. 읽고 이해해도 직접 쓰는 게 아니라, 어떤 테마로 저자에게 글을 부탁하거나 혹은 저자에게 수정을 요청하는 것이 목적이기 때문이다. 읽기의 전제가 직접 글을 쓰는 게 아니어서 쓰는 힘으로 이어지지 않는 것인지도 모른다.

'쓰기 위해 읽는다'라는 의식을 가지면 쓰는 힘은 독서량에 비례한다. 쓰기를 의식하고 읽으면 독해력도 향상된다.

골라 읽는 독서를
목표로 한다

글쓰기를 위한 독서는 우리가 평소 책을 읽는 방식인 '음미하는 독서'와 다르다. '골라 읽는 독서'로 **글쓰기를 위한 독서라는 시점을 잊지 않아야 한다.**

천천히 독서를 즐길 때와는 또 다르다.

책이 너무 재미있어 앉은 자리에서 다 읽어 버리기가 아까워 일부러 시간을 들여 천천히 읽었던 경험이 있지 않은가. 그런 독서법은 그것대로 좋다.

하지만, 설령 유명한 문학작품이어도 그 책을 소재로 무언가를 쓰려면 '골라 읽는 독서'가 필요하다.

지금까지 독서라고 하면 천천히 음미하는 독서만 강조되었다. 일단 읽기 시작하면 어떻게든 끝까지 읽어야 한다고 들었다. 그런 강박관념에 사로잡혀 독서가 싫어지고, 끝까지 읽지 못할 바에야 아예 읽지 않는 편이 낫다고 생각한다.

책이란, 꼭 끝까지 다 읽어야 한다는 법은 없다.

극단적으로 말하면, 책은 처음부터 마지막까지 전부 읽을 필요가 없다. **쓰려는 테마와 관련된 부분만 쏙쏙 뽑아 읽는 게 쓰기의 관점에서는 훨씬 효율적이다.** 자신의 안테나에 걸리지 않은 것은 연이 아니니 포기해도 된다.

제한 시간 안에
읽는다

음미하는 독서라면 시간은 무제한이기에 집에서 뒹굴면서 읽어도 상관없다. 그러나 '골라 읽는 독서'는 어디까지나 쓰기 위해 읽는 만큼 당연히 제한된 시간에 읽어야만 한다.

따라서 '언제까지 읽는다'라는 제한 시간을 설정하는 게 중요하다. 그렇지 않으면 언제까지나 미적미적하다가 시간이 다 간다. 제한 시간이 있으면 책 한 권을 읽는 데 걸리는 시간을 계산할 수 있다.

예를 들어, 한 시간에 책 한 권을 다 읽어야 한다고 하자. 자신의 독서 속도로 다섯 시간 정도 걸릴 만한 분량이라면 한 시간에 20%밖에 읽을 수 없다는 계산이 나온다.

집중하면 독서 속도는 빨라지겠지만, 비약적으로 빨라지지는 않는다. 그렇다면 어떻게 해야 할까. **그 책의 20%만 읽으면 된다.**

포인트는 어떤 20%를 읽느냐이다. **먼저 목차를 활용하여**

자신의 안테나에 걸릴 만한 항목을 확인하면서 전체적으로 쭉 훑는다.

이런 식으로 골라 놓은 부분만을 삼색 볼펜으로 줄을 그으면서 집중적으로 읽는다. 글쓰기 소재를 찾아내야 한다는 의식이 있으니, 어떻게 활용할지 생각하면서 읽어 나갈 수 있다.

설령 책의 80%를 눈여겨보지 못하더라도 책 한 권에서 세 곳 정도 사용할 수 있는 부분을 찾는다면 그 책은 충분히 가치가 있다.

책 읽는 속도가 느린 사람도 있기 마련인데, 보통 사람이 한 시간에 40페이지를 읽는데 본인은 30페이지밖에 읽지 못한다면 읽을 수 있는 30페이지를 고르면 된다.

읽는 속도보다 어느 부분을 읽을지 선택하는 안목을 키우는 게 중요하다.

때에 따라서는 30~40페이지를 읽어도 전혀 끌리는 부분이 없을 수 있다. 그럴 때는 책 선택이 잘못된 경우가 많다.

일단 소재로서 책을 제대로 고르는 것이 관건이고, 다음으로 그 책에서 안테나에 걸릴 만한 부분을 고를 수 있는 감각이 중요하다.

또한, 읽기에 집중하려면 제한 시간을 설정하는 방법

뿐만 아니라 외적 요인으로 제한 시간에 얽매이는 상황에 몸을 두는 방법도 있다. 나는 이동할 때 자투리 시간을 활용하여 카페에 들러 책을 읽곤 한다.

집에서 읽으면 해이해진다는 사람은 카페를 이용해도 좋다. 카페에서는 커피 한 잔 마시면서 몇 시간씩 눌러앉아 있기 어렵다. 기껏해야 한두 시간, 더 있으면 주인장의 눈치와 압박이 느껴진다. 그런 시간 제한이 있는 장소를 활용하여 집중적으로 읽는 것도 하나의 방법이다.

(ONE POINT)

쓰기 위한 소재를 찾는다는 점에서 말하자면, 쓰고 싶은 테마와 관련된 부분만 쏙쏙 골라 읽어도 된다.

문제의식을 느끼며
읽는다

쓰기 위해 읽는 요령은, 테마가 정해져 있지 않아도 평소 책을 읽을 때 좋다고 생각한 문장이나 궁금했던 문장 같은 그 책의 포인트를 기억해 두는 것이다.

삼색 볼펜을 활용하여 계속해서 책에 줄을 긋는다. **줄을 그음으로써 기억에 남는다.** 메모는 실제로 쓰는 단계에 들어가고 나서 하는 게 좋다.

그런 건 번거로워 못하겠다는 사람은 꼭 써야 할 상황에 부딪혔을 때 자료용 책을 읽는 훈련을 한다.

리포트를 쓸 때는 일단 테마에 부합하는 책을 자료로 두고 읽어야 한다. 즉, 양을 소화하는 독서를 해야 한다. 책을 읽으면서 핵심이 되는 말에 삼색 볼펜으로 줄을 그으면, 기억에도 남고 인용하는 데 활용하기도 쉽다.

자료가 될 책을 미적미적 훑으면서 어떻게 할지 생각하는 것은 지극히 비효율적이다. 자료로 쓸 방대한 양의 책을 다 읽고 나서 쓰는 사람도 있는데, 그런 사람은 이미

쓰기에 관한 한 상당한 고수다. 보통은 방대한 자료를 전부 읽으면 머리가 복잡해져 무엇을 써야 할지 알 수 없게 된다.

책은 어디까지나 쓰기 위한 재료, 요리로 말하자면 식재료라고 생각하자.

글을 쓰는 행위는 말을 재료로 요리를 만드는 것과 같다. 우리는 수만 개의 말을 다 사용하지는 않는다. 사용하는 말은 한정되어 있다.

평소 말이라는 식재료 중에서 만들고 싶은 요리, 즉 쓰고 싶은 내용을 떠올리고 그것을 키워드로 저장해 둔다. 그 키워드를 그물망처럼 에워싸고 책을 읽는다.

대부분 그물망에서 빠져나가지만, 그물망(키워드)에 걸려든 것도 나온다. 그것이 글을 쓸 때 사용할 소재가 된다.

따라서 읽기 전에 키워드를 갖는 게 중요하다. 키워드가 없으면 구멍 뚫린 그물이 되고 만다. **그물이란, 문제의식이라고 바꿔 말해도 좋지만 쓰기 위해 미리 '이런 것이 필요하다'라는 이미지를 갖는 것이다.**

그런 이미지도 없이 마냥 태평하게 책을 읽는 사람은 그물 없이 물고기를 잡으려는 것이나 다름없어 물고기를 잡기 어렵다. 키워드라는 그물을 만들어 놓고 그물을 던지는 것이 쓰기 위한 책을 읽을 때의 이미지다.

그러면 한 권의 책에서 보석 같은 부분을 몇 군데 찾을 수 있다. 그리고 다음 책으로 향한다. 이런 식으로 계속해서 책을 읽어 가면 된다.

(ONE POINT)

글쓰기를 목적으로 한 독서에서는 자신의 안테나에 걸릴 만한 항목만 집중적으로 읽겠다고 마음먹는 것도 중요하다.

(ONE POINT)

계속해서 줄을 긋고 끌린 부분에 표시하면서 읽으면 '장소 기억'과 함께 어떤 내용이었는지 떠올리게 하는 '연상 기억'이 강화된다.

인용의 기술을
익힌다

글을 쓰기 위한 독서를 익힘과 동시에 인용의 기술을 꼭 익히자.

인용은 다른 사람이 쓴 문장을 자신의 문장에 넣는 기술이다. **논리를 펼쳐 가는 중에 인용을 어떻게 하느냐에 따라 문장이 살기도 죽기도 한다.**

다른 사람이 쓴 문장을 넣어 자신의 문장 내용을 더 명확하고 구체적인 형태로 만들 수 있다.

또한, 소재가 되는 다른 사람이 쓴 문장과 자기 생각을 엮음으로써 쓰는 힘이 향상된다.

여기서 말하는 소재란, **재미있고 의미 있다고 생각하는 것**이다. 무언가 의미를 찾아낼 수 있는 대상이다.

그 소재는 체험이든 그림이든 영화든 뭐든 좋지만, 처음에는 문장이 가장 적합하다. 문장에서 문장으로 옮기는 일은 둘 다 '말'이라는 같은 재료로 이뤄져 가장 상성이 좋고 비교적 간단하게 할 수 있기 때문이다.

인용이란, 책이나 잡지에 실린 문장을 인용부호로 출전을 명확히 밝히고 자신의 문장에 도입하는 것이다.

인용하면서 자기가 그 문장에서 어떤 자극을 받았는지 써 간다. 문자를 그대로 다시 문자로 옮기기 때문에 소재를 생생한 형태 그대로 제시할 수 있다.

문장 이외의 표현은 그대로 인용하기 어렵다. 그림이나 영상을 인용하려면 말로 묘사하는 수밖에 없다. 묘사 기술도 어렵지만, 그 단계에서 날것의 소재가 아닌 자신의 필터에 걸리게 된다.

쓰는 힘을 기르려면 기존의 문장을 소재로 사용하는 것부터 시작하면 된다.

(ONE POINT)

인용을 습관화하기 위해 모든 분야에서 유연하게 말을 수집해 본다. 좋아하는 만화나 노래 가사도 연습 재료가 된다.

소재를 독자와
공유하는 메리트

사람들은 대부분 소재를 별로 의식하지 않는다. 문화적 배경도 한몫했겠지만, 문예 비평이 영화 비평이나 음악 비평보다 수준이 높다는 견해가 널리 퍼져 있다.

실제로 영화나 음악같이 글과는 다른 장르를 문자로 바꾸어 인용하기보다는 문자로 쓰인 작품을 소재로 하는 게 훨씬 쓰기 쉽다.

문학의 경우, 문장을 그대로 인용하면 원작자의 말을 생생하게 읽을 수 있다. 쓰는 사람과 읽는 사람이 소재를 공유할 수 있다.

글을 쓸 때는 쓰는 사람과 읽는 사람이 소재를 공유하는 것이 중요하다.

책을 소재로 했을 때 원작자가 상당히 수준 높은 내용을 썼다면 그것을 인용하는 것만으로 쓰는 사람과 읽는 사람이 상당히 수준 높은 의식의 바탕을 공유할 수 있다.

그러나 **일상에서 생긴 일을 소재로 무언가를 쓰려면 훨씬 고**

도의 쓰는 힘이 필요하다.

에세이는 작가가 체험한 일상의 사건을 소재로 한다. 독자가 작가의 지난 일을 실제 자신의 체험이라 생각할 만큼 실감 나게 썼다면 독자는 작가의 체험을 공유할 수 있다. 뛰어난 에세이스트는 그렇게 쓸 수 있는 사람이다.

어떠한 일을 작가와 독자가 공유할 수 있다면 그 둘은 이어질 수 있다.

그때 작가의 생각에 관해서는 독자가 다르게 받아들일 수도 있다. 글을 쓸 때는 먼저 독자와 공유할 수 있는 소재가 필요함을 절대 잊어서는 안 된다.

학교에서 아이들에게 소풍이나 운동회 감상문을 쓰게 할 때가 많은데, 이런 과제는 사실 상당히 쓰기 어렵다. 체험을 문장화하는 기술이 필요하기 때문이다.

게다가 소풍이나 운동회는 모두 같은 체험을 하는 늘 있는 행사로 지극히 보통의 체험에 지나지 않는다. 그 체험을 실감 나게 쓰려면 정말 좋았거나 재미있던 일을 끄집어내어 당시 느낌을 생생하게 표현하는 고도의 기술이 필요하다.

체험이나 주변 이야기를 쓰는 것과 전혀 다른 소재로 글을 쓰는 것은 난이도가 전혀 다르다. 개인적 체험을 쓸 때, 그것이 매우 특수한 체험이고 다른 사람이 흥미를 느 낄 만한 것이라면 독자와 공유하기 쉽지만, 보통의 체험으 로는 어렵다.

글을 쓸 때는 일단 독자와 공유할 수 있는 소재가 필요하다는 생각을 철저하게 하는 것이 중요하다.

(ONE POINT)

급하게 쓰는 작업에 들어가기 전에, 머릿속 생각을 다른 사람에 게 이야기해 보면 쓰려는 내용이 정리된다.

재미있게 읽은 부분을
그룹별로 나눈다

아이에게 독서감상문을 쓰게 할 때는 그냥 감상을 쓰라고 하기보다 "읽고 중요하다고 생각되는 부분을 세 가지 골라 거기에 관해 써라"라고 구체적으로 제시해 줘야 쓰기가 쉽다.

중요한 것은 쓸 소재를 찾는 것이다. 작품 전체를 한 마리의 큰 다랑어에 비유하면, 한 마리를 통째로 요리하기란 절대 무리다. 큰 다랑어를 해체하여 여러 부위로 나누어 요리하듯, 독서감상문을 쓸 때도 그런 단계가 필요하다.

책 한 권을 읽고 막연히 감상을 쓰라고 하면 "재미있었다", "지루했다" 같은 감상밖에 나오지 않는다. 책 전체를 떠올리면 어떻게 시작할지 막막해서 그런 말밖에 생각나지 않는다.

구체적으로 쓰게 하려면 처음에는 **책 한 권에서 "재미있던 부분을 몇 가지 말해 보라"라고 제시해야 한다.**

이때는 세 가지가 가장 적당하다. 그 이상이면 서로의 연결성이 모호해진다. 물론 열이든 스물이든 중요하다고 생각한 부분, 재미있다고 느낀 부분을 골라도 되지만, 서로의 연관성을 끌어내지 못하면 혼란스럽기만 하다. 반대로 한두 개밖에 없으면 지루해진다.

세 가지를 고르라고 해도 다섯 가지, 때론 열 가지 이상이 나올지도 모른다. 그럴 때는 전부 나열하여 **같은 테마로 묶을 수 있는 것은 묶어서 세 개의 큰 그룹으로 나눈다.**

이 그룹 나누기가 가능하면 다음은 그것을 연결하는 작업이 필요하다. 연결고리를 찾는 작업 중에 큰 테마가 눈에 들어온다.

인용 포인트를
놓치지 않는 요령

책 한 권에서 좋아하는 부분 세 곳을 고르다 보면 그 사람의 독창성이 나온다. 아이들에게 "이 작품에서 좋아하는 부분을 한 곳 골라 보라"라고 하면 좋아하는 부분이 겹칠 때가 많다. 그러나 세 곳을 고르라고 하면 두 곳까지는 겹쳐도 세 곳 모두가 겹치는 일은 거의 없다. 그 세 곳을 연결하면 각각의 독창성이 나온다.

나는 아이들에게 책을 읽힐 때, 내가 읽을 때와 마찬가지로 삼색 볼펜을 사용하여 **가장 중요한 부분은 빨강, 다음으로 중요한 부분은 파랑, 개인적으로 좋았던 부분은 초록,** 이렇게 색깔별로 줄을 긋게 한다. 개인적인 취향이나 감상을 쓸 때는 빨간색 줄 부분이 아닌 초록색 줄 부분을 골라 써도 좋다.

하지만 작품을 꼼꼼하게 읽고 이해한 후 그 작품에 관해 쓸 때는 역시 작가가 가장 주장하고 싶은 부분, 즉 빨간색 줄 부분을 제외해서는 의미가 없다. 작품의 포인트인 빨간색 줄을 그어야 하는데, 이를 간과한 독서법은 감성은 풍부하나 포인트를 완전히 놓친 것으로, 역시 읽는 힘이 없다고 봐야 한다.

우리 사회에는 내키는 대로 책을 읽으면 된다고 생각하는 풍조가 있다. 특히 소설 같은 문학 작품이 그런데, 작품을 텍스트로서 고려하는 의식이 적다. 문예 비평에서 작품 포인트를 놓치고 전혀 번지수가 다른 부분에서 비평하는 경우가 많은 이유도, 애초에 그런 훈련이 안 되어 있기 때문이다.

글쓴이가 무슨 말을 하려는 것인지 포인트를 찾아내는 것이 무엇보다 중요하다. 빨간색 줄을 그은 부분은 누가 읽어도 '여기는 중요하다'고 알 수 있는 곳으로 거의 일치할 것이다. 그것을 끄집어낸 다음 자기가 재미있다고 느낀 부분, 자기가 반응한 부분, 즉 초록색 줄을 그은 부분을 어떻게 추리느냐가 관건이다.

그 작품에 관해 쓸 때, 포인트인 빨간색 줄은 확실하게 넣고 개인적으로 재미있다고 생각한 초록색 줄을 어떻게 배열히느냐에 따라 그 사람의 개성이나 작품을 보는 시점이 나온다. 빨간색 줄과 초록색 줄을 얼마나 능숙하게 조합하여 쓰는지에 따라 문장의 재미가 결정된다.

너무 평범하여 다른 사람이 재미있다고 느끼지 않을 법한 곳에 초록색 줄을 긋고 있지는 않은지, 아니면 읽는 사람이 **세상에, 이렇게 재미있게 보는 방법도 있구나!**라고 할 만한 부분을 예리하게 골라낼 수 있는지는 글쓴이의 감각에 달렸다. 이 감각을 갈고닦는 것이 쓰는 힘을 기르는 데 중요한 핵심이다. 그 감각을 단련시키는 방법은 기본적으로 독서밖에 없다.

(ONE POINT)

책의 취지부터 '대단히 중요한' 부분에 줄을 긋는 것으로, 책의 줄기(주장하고 싶은 말)를 파악하는 힘이 단련된다.

인용으로
문장을 구성한다

실제로 인용을 활용하여 글을 쓸 때는 어떻게 해야 할까.

무엇을 쓸지에 따라 다르지만 어떤 작품이나 논문, 책 등을 소재로 글을 쓸 때는 인용하려는 부분을 자기가 쓸 문장에 세 곳 정도 넣어 본다. 그 세 곳의 내용은 각각 다른 것을 고른다. 인용이 많으면 인용이 주체가 되어 자기 글이 뒤로 밀려나게 된다.

인용은 독자가 **인용 부분만 읽어도 만족할 만큼 재미있는 부분을 넣는 게 요령이다.** 그리고 각각의 인용에서 사람들의 이목을 끌 만한 키 콘셉트를 골라내라.

인용을 중심으로 하여 세 개의 키 콘셉트를 완성시켜 가는 것이다.

다음은 그 **세 곳을 연결하는 문장을 쓴다. 메모 정도로도 좋다.** 이렇게 해 두면 나중에 생각을 정리할 때 한결 수월하다. 세 곳의 인용을 모두 연결하면 문장이 술술 풀린다.

처음부터 순서대로 쓰려고 하면 첫 줄을 어떻게 시작

할지 압박이 강해 좀처럼 진도가 나가지 않는다. 새하얀 원고지를 앞에 두고 강박 관념에 사로잡힌다. 하지만 인용을 중심으로 그와 관련된 메모를 해 두면 양적으로도 분량이 늘어난다는 안도감을 얻는다. 이 기분이 추진력이 된다.

이 추진력이 의욕을 불러일으켜 문장을 써 나갈 수 있다.

인용이라고 하면, 그 자체만으로는 다른 사람의 문장이라 생각할 것이다. 분명 인용 부분은 글쓴이의 문장이 아니지만, 그 부분을 선택한 것에서 이미 글쓴이의 의도는 명확히 드러난다.

또한, 글쓴이의 문장만 이어지면 그 사람의 사고방식만 일방적으로 늘어놓는 게 되어 읽는 사람이 질린다. 글쓴이 역시 자신의 사고를 일방적으로 주장하기만 해서는 공부가 되지 않을뿐더러, 이도 저도 아닌 문장이 되기 쉽다.

자기 말만 쓴다고 독창성이 나오는 것은 아니다. 그 점을 주의하자.

당연히 자기 것이라고 믿었던 말이나 문장도 사실 이미 지금까지 아주 많이 사용되었다. 말 자체에서 독창성을 내기란, 천부적 재능의 시인 이외에는 불가능하다고 봐도 좋다. **독창성은 말 자체가 아닌 그 내용에 있다.**

인용문을 사용하면, 인용문의 문맥과 자기가 쓴 문맥이 교차하면서 새로운 의미가 생겨나고 독창성이 드러난다. 인용을 어떻게 조립하여 문맥 안에 넣느냐에 따라, 글쓴이의 개성은 저절로 드러나기 마련이다.

깨달음이
재미를 낳는다

인용할 때는 나열하지 않도록 주의해야 한다. 연관이 있을 법한 것들을 나열해도 읽는 사람에게 자극이 되지 않는다. 읽는 사람이 자극받고 거기에서 깨달음을 얻게 해야 한다. 그래야 재미있게 읽을 수 있다.

재미있다는 것은 그때까지 머릿속에 이어져 있지 않던 것이 이어진다는 뜻이기도 하다. 읽는 사람에게 그런 자극을 주는 선을 연결하는 것이 글의 묘미 중 하나다.

머릿속 외딴곳에 자리하고 있던 것, 이어져 있지 않던 것이 뇌 안에 전류가 흐르면서 이어지는 듯한 쾌감, 그것이 독자에게는 깨달음의 기쁨이다. 그때까지 전혀 상관없다고 여겼던 것이 이어지면서 독자에게 깨달음의 기쁨을 선사한 것이다.

전혀 연결고리가 없다고 생각했던 것이 이어질 것 같은 예감이 들 때도 있다. 그것이 깨달음의 기회다. 뇌 안의 연결고리가 이어지는 순간이라고 해도 좋다.

이야기를 재미있게 하는 사람은, 평소라면 절대 이어지지 않을 의외의 것을 이어서 듣는 사람에게 '아, 그렇구나!' 하는 깨달음의 기쁨을 준다. 말로 할 때는 그것들이 어떻게 이어지는지 천천히 생각할 겨를이 없지만, 글로 쓸 때는 지긋이 생각할 수 있다.

이어지지 않던 것이 어떻게 이어지는지 쓰는 작업을 통해 천천히 실감할 수 있다. 머릿속에서 뜻밖의 연결고리를 찾아내어 연결하는 사람은 상당한 훈련을 쌓은 사람이다.

보통은 생각하다 보면 어떻게든 이어지겠지 하고 느끼는 정도다. 그것을 다른 사람에게 말로 표현하는 데 매우 효과적인 것이 글쓰기 훈련이다.

쓰다 보면 연결고리가 명확해진다. 글쓰기 훈련은 그런 강인한 사고의 끈기력을 길러 준다. 글쓰기 훈련을 통해 이어지기 어려운 것끼리 명확하게 선을 잇는 연습을 의식적으로 해야 한다.

무엇과 무엇을 연결했더니 재미있다는 것을 확실하게 보여 주면, 읽는 사람도 '아, 이것과 저것이 이어지니 재미있구나!' 하고 이해한다.

그때까지 머릿속에서 이어지지 않던 것끼리 이어지면,

머릿속에 전류가 흐르는 쾌감이 느껴진다. 평소에는 느끼지 못해도 쾌감에 익숙해지면 그 느낌을 알아챈다.

글 쓴 사람이 '깨달음'의 재미를 느끼지 못하는데, 읽는 사람이 재미를 느낄 리 없다. 전혀 새로운 무언가일 필요는 없지만, **읽는 사람이 글에서 아무 느낌도 받지 못한다면 읽을 의미가 없다.**

지금까지 세상에 없던 사고나 표현을 하는 것은 무에서 유를 창조하기만큼 어려운 일이다. 설령 이미 있는 것이어도 거기에 새로운 선을 이어 완전히 새롭게 재탄생할 수 있다.

(ONE POINT)

인용할 때는 정확한 문장으로 인용하는 것이 바람직하지만, 처음에는 '이런 것을 말하고 있다' 정도의 수준이어도 상관없다.

(ONE POINT)

인용이란, 다른 사람의 지성을 매개로 자기 생각을 표현할 수 있게 되는 것이다.

2.

개요 짜는
능력을
기른다

키워드를 골라
메모한다

수업 시간에 작문 과제를 내면 곧장 쓰기 시작하는 아이들이 꽤 있다. 대학에서도 그런 학생이 있는데, 이런 학생들은 '반드시'라고 해도 좋을 만큼 쓰다가 막히게 된다.

쓰기 전에는 먼저 무엇을 쓸지 메모해 둬야 한다.

그런데 의외로 이 메모 습관이 없는 사람이 많아 대부분 별다른 고민 없이 바로 글쓰기로 들어간다. 이래서는 사회에 나와 업무상 필요한 기획서나 보고서를 써야 할 상황과 맞닥뜨리면 당황할 수밖에 없다.

첫 줄을 쓰면서 다음에 쓸 내용을 생각하면, 문장의 의미가 이어지지 않아 쓰다가 막혀 버린다. 시간이 걸릴뿐더러 내용도 취지도 명확하지 않다.

쓰기 전에 먼저 키워드를 골라 메모하고 소재가 무엇인지 명확히 하는 것이 중요하다. 구체적으로 어떤 소재인지를 명확히 하지 않으면, 내용이 있으면서 재미있게 읽히는 글은 절대 쓸 수 없다.

키워드를 골라야 비로소 전체를 구축하는 작업으로 나아갈 수 있다. 전체를 구축하려면 소재를 명확히 드러내는 것, 즉 키워드를 골라내는 것이 전제다.

최근에는 발상력과 독창력을 중시하여 자신만의 색깔을 드러내려는 경향이 강하다. 하지만 독창력이란 절대 처음부터 쉽게 발휘되지 않는다.

누구든 중요하다고 생각하는 포인트를 잡는 것과 동시에 자기가 재미있고 중요하다고 생각하는 것을 골라내는 것으로 자신의 색깔이 나오는 법이다. 그 키워드를 단서로 전체를 구축해 간다. 그때 다시 그 사람의 독창성이 배어 나온다.

프로 작가 중에는 미리 구상하지 않고 글을 쓰는 과정에서 영감을 얻어 술술 써 내려가는 사람도 있다. 이는 글쓰기에 상당히 익숙해져 있기에 가능한 기술이다.

아무리 재능 있는 작가라도 장편소설을 쓸 때는 미리 꼼꼼하게 노트를 만들어 소설의 전체 줄거리를 구축한다.

도스토옙스키도 장대한 소설을 쓰기 전에 면밀하게 노트를 만들었다. 미리 어느 정도 구상이 되어 있지 않으면 장대한 소설을 무탈하게 쓸 수 없다.

단편소설은 별개지만, 장편소설을 구체적인 구상 없이 쓰는 것은 프로 작가에게도 매우 힘든 일이다. 하물며 보통 사람이 어느 정도 길이(원고지 10장 이상)의 글을 쓸 때는 전체적으로 내용을 구상해 두지 않는 한, 제삼자가 읽을 만큼 가치 있는 글을 쓰기 어렵다.

글쓰기가 말하기의 연장인 것처럼 안이하게 인식하는 경향이 강하여, 미리 전체를 구상하는 당연한 작업이 너무 경시되고 있다.

글쓰기는 구축하는 작업임을 명심하고 훈련하지 않으면 쓰는 힘을 기를 수 없다. 따라서 문장을 구축하려면 키워드 추출이 전제되어야 한다.

구상에 도움이 되는
메모 작성법

학생이나 회사원이 평소 많이 쓰는 리포트나 논문, 보고서, 기획서 등은 하고 싶은 말이 상대에게 정확하게 전해져야 한다. 바꿔 말하면, 포인트가 명확해야 한다.

문장을 구축물로 본다면 당연히 토대가 필요하다. 그 토대가 되는 것이 메모다. 일단 머릿속에 있는 재료를 전부 종이 위로 끄집어내는 것이 첫 번째 작업이다. 또한, 그와 관련된 사항도 계속해서 메모한다.

나는 이때도 삼색 볼펜으로 우선순위를 매기는 방법을 추천한다. **메모한 내용에 빨강, 파랑, 초록의 삼색으로 줄을 그어 색으로 분류한다.**

일단 메모한 항목 중 가장 중요하다고 생각한 부분에 빨간색 볼펜으로 동그라미를 친다. **빨간색이 쳐진 항목은 절대 놓쳐서는 안 되는 중요한 부분, 파란색은 되도록 넣고 싶은 부분, 초록색은 자기 의견이나 주장** 등이다. 이렇게 하면 저절로 우선순위가 생긴다.

빨간색은 책이라면 '장'이나 '절'에 해당하고 파란색과 초록색은 '항목'에 해당한다. 책처럼 400자 원고지로 2, 300장 정도의 매수이면 항목에 따르는 소제목은 60~100개다.

하지만 보통 사람은 이 정도로 긴 글을 쓸 일이 거의 없다. 10장 정도의 리포트나 기획서라면 너무 복잡하게 생각할 필요도 없다. **하나의 큰 기둥을 세우고 기둥을 떠받칠 항목이 세 개 정도 있으면 거의 안정적인 구축물이 된다.** 거기에서 우선순위를 정하고 재배열하여 각각의 항목을 문장화하는 작업에 들어간다.

글쓰기의 순서는 요리할 때의 흐름과 비슷하다. 처음에 메뉴를 정해 놓지 않으면 재료를 준비할 수 없다. 재료를 준비했다면, 예를 들어 양파와 감자는 썰어 두고 육류는 밑간하는 등 손질을 한다. 그리고 마지막에 재료들을 한 번에 볶아 완성한다.

쓰는 작업은 요리로 치면 마지막 단계인 볶거나 굽거나 찌는 작업에 해당한다. 그 전에 밑 작업을 제대로 해 두어야 요리가 쉬워지듯이, **글을 쓸 때도 소재를 준비하고 밑 작업을 해 둬야 한다.**

부족함 없이 쓴 문장은 쓰기 전에 미리 절을 구축하고

항목을 만드는 작업을 해 두었기에 읽었을 때 포인트가 명확해서 문장이 쉽게 흐트러지지 않는다. 쓸 때도 무엇을 어떻게 쓸지가 명확하여 스트레스가 적다.

과제를 받은 게 아니라 스스로 과제를 낸 경우 쓸거리가 떠올랐을 때 그것을 일정한 형태로 담아 두면 좋다.

책이라면, 장의 제목 정도가 아니라 소제목까지 자세하게 메모해 둔다. 그렇게 하면 나중에 거기까지 진행된 사고를 돌아보지 않고 끝낼 수 있다. 그 단계까지 갈무리해 두면 그대로 두고 1, 2개월이 지나 메모를 보더라도 당시의 순서가 떠올라 언제든 쓸 태세가 갖춰진다.

쓰기로 마음먹었다면 구상한 것을 확실한 형태로 만들어 두는 요령이 필요하다.

성격이 다른 세 개의
키 콘셉트를 만든다

특정 테마로 하나의 논문을 쓸 때는 그 테마를 전개할 키 콘셉트를 세 개 만든다. 키 콘셉트는 역시 쓰고 싶은 것이나 꼭 써야 할 것들을 메모한 데서 나온다. 많은 메모 중에 키 콘셉트를 세 개로 압축한다.

원고지 1장에서 5장 정도의 짧은 글이라면 키 콘셉트는 하나로 충분하다. 그러나 10장 이상이면 하나로 부족하다.

세 개의 키 콘셉트를 고를 때는 그 셋이 비슷해서는 안 된다.

성격이 다른 세 개의 키 콘셉트를 골라 그 셋을 연결하는 논리를 구성해 간다.

이때 사고방식이 명확해지므로, 생각하는 힘이 요구되고 길러진다. 그래서 자신을 밖으로 드러낼 수 있다.

세 개의 키 콘셉트는 문장 전체를 구축하는 삼각대다. 너무 비슷한 것끼리 가까이 있으면 안정되지 않는다. 서로의 영역을 침범하지 않도록 어느 정도 떨어뜨려야 한다.

완전한 정삼각이 아니어도 서로 다른 세 개의 키 콘셉트는 각각의 거리가 떨어져 안정된다. 삼각형 의자나 테이블은 각 다리의 거리가 떨어져 있을수록 안정되어 잘 쓰러지지 않는다. 그것과 마찬가지로 각각의 키 콘셉트가 다를수록 문장은 안정되고 견고해진다.

키 콘셉트가 두 개여서는 안 되는 이유는, 연결하는 선이 직선이 되어 버려 누가 생각하든 키 콘셉트의 논리 연결성이 똑같아지기 때문이다. 그래서는 글쓴이의 독창성이 나오지 않는다. **세 개를 연결해야 복잡성이 생겨 저절로 독창성이 나오게 된다.**

라쿠고(落語 일본의 전통 예능, 만담)에 산다이바나시(三題話)라는 것이 있다. 관객으로부터 세 개의 테마를 모아 즉석에서 그것들을 연결하여 하나의 라쿠고를 만드는 것이다. 이것은 상당히 흥미로운 정취로, 세 개의 각기 다른 테마를 이어 하나의 이야기로 만들려면 생각하는 힘이 요구된다. 거기에 만든 사람(쓰는 사람)의 개성도 저절로 나타난다. 이와 비슷한 유형의 문제가 출판사 입사 시험 등에도 자주 나온다.

또한, 독립성이 높아 서로 분리된 세 개의 테마, 즉 키 콘셉트를 연결하려면 독창성이 필요하다.

예를 들어 '근성', '기력', '의욕'이라는 세 개의 키워드로 글을 쓴다고 하자. 이 세 키워드는 의미가 거의 비슷해서 글을 쓸 때 확장이 되지 않는다. 쓴 글은 안정되지 않고 내용도 '흔한 정신론'에 지나지 않아 쉽게 질릴 우려마저 있다.

그러나 '마음', '기술', '몸'으로 키워드를 설정하면 각각의 성질이 전혀 달라 이것을 어떻게 연결하여 쓸지는 사람에 따라 달라진다. 새로운 깨달음이나 가치 있는 문장이 생겨날 가능성이 있다.

(ONE POINT)

정리해야 할 포인트를 세 가지로 압축하여 생각하고, 세 가지 단계로 전하는 것을 의식한다. '3'이라는 숫자는 세트화하기에 적합한 숫자다.

(ONE POINT)

관련 없는 것을 연결하려면 공통점을 찾아내는 힘이나 그를 위한 보조선을 긋는 센스가 필요하다. 상대를 납득시킬 논리도 필요하다.

키 콘셉트는
발상으로 이어진다

키 콘셉트를 명확하게 연결해 두면 글쓰기가 쉬워진다. 키 콘셉트를 골자로 다른 요소를 다양하게 엮어 갈 수 있다. **설령 이야기가 도중에 곁길로 빠져도 그 키 콘셉트로 되돌아와 정돈된 문장을 쓸 수 있다.**

가장 좋지 않은 문장은 내용이 지리멸렬하여 대체 무슨 말을 하려는 건지 알 수 없는 문장이다.

내가 말하는 키 콘셉트는 테마와는 조금 다르다. 환경문제에 관해 쓸 경우, 환경문제는 테마이지 키 콘셉트가 아니다. 이때 환경문제와 관련해 쓰고 싶은 무언가를 찾는다. **그 무언가가 키 콘셉트이다.** 키 콘셉트를 찾아내면 문장의 형태가 상당히 정돈된다.

어떤 키 콘셉트를 찾아내느냐가 글 쓰는 방향을 좌우하기도 한다.

환경문제를 해결하려면 먼저 선진국과 개발도상국의 경제 격차를 해소해야만 한다는 키 콘셉트와 미국의 독선적인 정책이 환경문제 해결의 큰 걸림돌이라는 키 콘셉트에서는 글을 쓰는 방향성이 완전히 달라진다. 전자는 경제문제, 후자는 정치론이나 문화론이 된다.

물론 키 콘셉트가 참신하면 더할 나위 없겠지만, 스스로 생각할 수 있는 범위에서 키 콘셉트를 찾는 것이 글쓰기의 첫걸음이다.

(ONE POINT)

쓰고 싶은 소재가 어딘가에 있을 거라는 눈으로 세상을 바라보면 쓰고 싶은 소재가 저절로 날아든다.

개요는
문장 설계도

키워드나 키 콘셉트를 쓴 메모를 만들었다면, 다음은 개요를 만들 차례. 개요는 쓰기 전 단계에서 구성이나 내용에 들어갈 항목을 정리한 것이다. 실제로 글을 쓸 때는 반드시 개요를 만들어야 한다.

개요를 만들 때는 항목별로 100자 이하로도 좋으니 **무엇을 쓴 항목인지 적어 두길 바란다.** 그렇게 해 두면 나중에 본격적으로 쓸 때 매우 도움이 된다.

각각의 항목에 관해 쓸거리를 정리해 두면 전체적인 내용과 흐름이 명확하게 들어온다. 그것을 활용하여 장을 구성하고, 절을 구성하고, 항목을 재배열하는 작업을 하면 문장을 구축하기 쉽다.

또한, 전체를 내다보고 다음은 어디에 살을 붙이면 될지가 한눈에 들어온다.

개요는 글 쓰는 작업과 별개의 작업이 아닌 병행 작업으로 봐야 한다.

대략 전체가 완성되면 다음은 영양을 줘야 할 차례다. 영양이란, 표나 그래프 등 글에 넣고자 하는 자료들이다. 이미 어떤 식으로 활용할지 정해져 있어 자료를 능률적으로 찾을 수 있다.

개요를 만들어 두면 자료의 타깃을 압축할 수 있어 자료 찾기도 수월할뿐더러 어떤 부분이 필요한지도 명확해진다. 사용할지 어떨지도 모르는 단계에서 무턱대고 자료부터 모았다가 나중에 거의 사용하지 않게 되는 일이 없어진다.

이전에 NHK 다큐멘터리 프로그램에 출연한 적이 있다. 다큐멘터리 프로그램은 어떻게든 영상을 많이 찍은 다음 나중에 편집하고 구성하여 스토리를 만들어 간다고 생각했다. 그런데 내가 출연한 프로그램에서는 첫 단계부터 꼼꼼하게 구성하고 그에 맞춰 영상을 촬영해 나갔다.

물론 프로그램 내용에 따라 만드는 방법은 다양하겠지만, 처음부터 견고하게 스토리를 구축해 두면 불필요한 영상을 촬영할 필요가 없다. 메시지가 명확한 프로그램을 만들 수 있는 것이다.

그 과정을 지켜보면서 논문 쓰는 과정과 비슷하다는 생각이 들었다. 테마를 명확하게 드러내려면 처음부터 견고하게 구축하는 작업이 필요하다.

긴 문장을 쓰는
트레이닝

문장을 구축하려면 먼저 키워드를 고르고 각각의 포인트만 미리 짧게 써 둔다. 그렇게 하면 전체를 내다볼 수 있다.

다음 작업으로는 그 사이를 메우듯이 구체적인 소재를 넣어 간다. 문장은 마지막에 덜어 내면 되니 그 단계에서는 일단 생각난 것은 되도록 다 넣는다. 그러면 분량이 점점 늘어난다.

처음에 구축한 짧은 문장에 계속해서 살을 붙여 가는 방법이다.

반대로, 구축을 별로 의식하지 않고 생각난 것이나 마음 가는 것을 계속해서 써 가는 방법도 있다. 이 경우는 생각나는 대로 쓰는 것인 만큼 처음에는 머릿속에 전체적으로 정리되어 있지 않아도 괜찮다. 생명력을 추진력 삼아 쓰는 방법이다.

이 방법은 나중에 문장을 다듬는 작업이 필요하다. 전자가 살을 붙이는 방법이라면, 이것은 쓰고 나서 압축하는 방법이다.

이때 제대로 압축하지 못하면 머릿속은 즉흥적인 것들로 채워져 무슨 말을 하려는 건지 알 수 없게 된다.

실제로 글을 쓸 때 생각나는 대로 쓰는 사람이 많다. 특히 최근에는 컴퓨터로 글을 쓰는 게 일반화된 데다 실제로 종이에 쓰는 것보다 간단하여 무심코 장황하게 늘어지는 글을 쓰기 쉽다.

물론 그렇게 쓰는 것은 제대로 된 문장의 형태는 갖추지 못하지만, 양을 소화하는 트레이닝으로는 제격이다.

양을 소화하는 것은 어떤 일에서든 능숙함으로 가는 조건이다. 쓰는 힘에도 이 조건은 통한다. 일단 양을 소화하는 것을 당면한 목표로 삼아야 능숙해진다. 글쓰기가 서툰 사람은 대개 양적으로 긴 글을 쓰는 훈련이 부족하다.

작문 자체에 지레 겁먹은 채로 어른이 되면 정말 글쓰기가 싫어진다.

대학생에게 400자 원고지로 15장 이상의 리포트를 제출하라고 하면, 그렇게 긴 글은 써 본 적이 없다는 학생이 많다. 하지만 실제로 써 보면 어떻게든 소화한다.

달리기에 익숙하지 않으면 10km를 달린다는 생각은 아예 하지 않을뿐더러 마라톤 같은 건 꿈도 꾸지 않는다. 그러나 매일 달리는 훈련을 반복하면 장거리를 달리는 두려움이 사라져 어느새 10km 정도는 거뜬하게 달린다.

훈련을 거듭하면 언젠가는 마라톤에도 도전장을 내밀 수 있다.

그런 의미에서 **일단 양을 늘리는 훈련이 필요하다.** 400자 원고지 10장을 쓰는 과제를 계속 소화하면 양에 대한 두려움이 사라진다. 50장이면 10장을 다섯 번 쓰면 된다는 감각이다. 마라톤의 거리감이 느껴지듯 양에 관해서도 어느 정도인지 확실하게 감이 온다.

다만, 그럴 때는 **어떻게든 분량을 맞추고 재구성하여 불필요한 부분은 제거한 후 다른 사람이 읽을 수 있는 수준까지 끌어올려야 한다.** 그것이 다음 단계인 훈련이다. 그런 다음 내용의 질을 높이면 된다.

나는 논문이든 책이든 쓰는 것이 일이다. 예전에는 첫 한 줄을 쓰는 데도 긴 시간이 걸렸다. 쓰기 전에 극도로 힘을 들이는 타입이라, 20대까지는 긴 논문을 쓰려고 하면 어떻게 시작해야 할지 심각하게 고민했다. 그러다 시간이 흘러 1년이 훌쩍 지니는 일도 종종 있었다. 어느 순간, 처음부터 너무 거창하게 쓰려고 하니까 힘이 많이 들어가 힘들어진다는 사실을 깨달았다.

갑자기 큰 그림을 그리려고 해서는 안 된다는 생각에,

일단 작은 그림을 많이 그리고 그 그림들을 서로 연결하는 방법으로 바꿨다. 긴 논문을 단번에 쓰려는 생각을 접었다.

(ONE POINT)

처음부터 순서대로 쓰려고 할 게 아니라, 랜덤이라도 좋으니 사고하면서 쓴다. 사고를 멈추지 않는 것과 동시에 쓰는 것도 멈추지 않는 것이 중요하다.

(ONE POINT)

퇴고할 때는 두서없는 부분은 정돈하고, 설명이 부족한 부분은 보충하고 불필요한 부분은 삭제한다. 신중하게 손을 본다.

문장은 '3의 법칙'으로 구축한다

키워드에서
키 프레이즈로

문장 전체를 구축할 때 **키워드와 키 콘셉트를 타이틀이 될 만한 키 프레이즈로 엮어 가면 구축하기가 쉬워진다.**

키워드를 조합하여 "~는 ~다"라는 키 프레이즈로 만들어 첫 줄에 썼다고 하자.

그러면 거기에 글쓴이의 생각이 응축된다.

키 프레이즈는 조금 어려워도 괜찮다. 그것이 자기가 내린 결론인 양 쓴다.

가장 하고 싶은 말을 첫 줄에 쓰고, 다음은 그것을 설명하는 문장을 쓰는 데 할애한다. 이렇게만 해도 400자 원고지 서너 장 정도는 거뜬하게 쓸 수 있다.

나는 인용과 관련하여 서술한 문장은 하고 싶은 말을 한 문장으로 깔끔하게 정리하는 편이다. 거기에서 사람들의 흥미를 끌 만한 기 프레이즈를 생각해 내는 것이 그 글이 상품으로서 가치가 있느냐 없느냐의 갈림길이 된다.

나의 저서 《소리 내어 읽고 싶은 일본어》에서는 미야

자와 겐지(일본의 동화작가, 시인)를 인용한 부분에서 "미야자와 겐지는 지수화풍(地水火風)의 상상력의 달인"이라고 단언한다. 이처럼 하고 싶은 말을 한 문장으로 딱 잘라서 하는 것이 포인트다.

첫 한 문장에서 하고 싶은 말을 이렇게 해 버리면, 분량이 조금 모자라거나 도중에 시간이 되어 어중간하게 끝내더라도 가장 하고 싶은 말은 들어 있다.

처음에 하고 싶은 말을 명확하게 쓰면 이 글이 무엇을 주장하고 있는지 기억할 수 있는 장점이 있다.

읽었을 때 무슨 말인지 알 수 없는 문장은 글쓴이 역시 자기가 쓰면서도 무슨 말을 하는지 알지 못한다. 또한, 논외이기는 하나 처음부터 하고 싶은 말을 명확히 하지 않는 문장도 문제다.

쓰기 전에 키 콘셉트를 찾아 놓고도 쓰지 않아, 곁길로 빠져 무슨 말을 하려는지 알 수 없는 채로 끝난다면 키 콘셉트를 손에 넣은 의미가 사라진다.

하고 싶은 말을 부족함 없이 표현하면서 너무 평범하지 않게 첫 문장을 쓴다면, 독자의 마음을 사로잡아 계속 읽고 싶은 기분이 들게 한다.

그 한 문장(키 프레이즈)을 논리적으로 설명하는 것은

사고의 해동 작업 같은 것이다.

한 문장에 포인트를 응축하려면 사고의 응축이 필요하다. 그것을 논리적으로 설명하듯이 써 가는 작업은 응축된 사고를 해동하여 사고 프로세스를 명확하게 다지는 작업이다. 그래서 글쓰기는 생각하는 힘을 단련한다.

관련 없는 세 개의
키 콘셉트를 연결한다

세 개의 키 콘셉트를 고르는 것은 글 쓰는 힘을 기르는 기본 중의 기본이다.

되도록 겹치지 않는 세 개의 키 콘셉트를 골라 어떻게 연결하느냐에 그 사람의 능력과 재능이 달려 있다.

떨어진 키 콘셉트를 서로 연결하려면 생각하는 작업이 필요하다. 글을 쓰면 생각하는 힘이 단련되는 이유는 글을 쓰는 과정에서 논리를 이어 가야 하기 때문이다.

말할 때는 논리적 설명이 부족해도 무난하게 흘러간다. 다음에서 다음으로 화제가 건너뛰어도 거기에서 연결고리를 찾아내는 작업은 별로 필요하지 않다. 그러나 글로 쓴 문장이 그렇다면 독자는 그 자리에서 읽기를 멈춘다.

글을 쓸 때는 키 콘셉트 간의 연결고리를 찾기 위해 사고의 폭을 넓히게 된다. 그래서 글을 쓰면 생각하는 힘이 단련된다.

일반적으로 **잘 썼다는 평가를 받는 문장은 이어질 것 같지 않**

은 콘셉트들을 잘 이어서 쓴 글이다.

(**ONE POINT**)

하나의 큰 테마를 설정하고 그것을 세 개의 작은 테마로 분해
한다. 그 세 개에 관해 생각하는 것으로 전체 골격이 더 명확해
진다.

세 개의 콘셉트를
그림으로 그린다

학생들에게 각별하게 좋아하는 것이나 각별하게 존경하는 인물을 고르라고 할 때가 있다. 하나를 고르라고 하면 백 명 중에 다섯에서 열 명 정도는 같은 것 혹은 동일 인물을 고른다. 둘 혹은 두 사람을 고르라고 해도 여전히 겹치는 부분이 있다.

그런데 세 개 혹은 세 사람이라고 하면 일단 겹칠 일은 없다. 학생들 각자의 개성이 나온다.

의외인 세 개를 골라도 그 선택에는 어떤 연결고리가 있다. **그 셋을 잇는 연결고리가 그 사람 뇌의 연결방식이자 개성이다.**

두 개에서는 독창성이 잘 나오지 않지만, 세 개면 다른 사람과 구분되는 독창성이 나온다. 따라서 셋을 연결해서 쓰는 작업을 하면 그 사람의 독창성이 나온다. 중요한 것은 이 연결고리를 잇는 작업이다.

이 셋을 연결하는 훈련은 어떻게 해야 할까.

먼저 세 개의 키 콘셉트를 골랐다면 그 셋을 그림으로

그려 보길 바란다. 앞서 말했듯이 골라낸 키 콘셉트가 직선 관계에 있어서는 의미가 없다. 두 개는 어떤 관련이 있더라도 세 개째는 공통점이 없는 것을 고른다.

다음은 세 개의 키 콘셉트로 삼각형을 그려 그 관계를 명시해보자.

글의 내용을 그림으로 싣는 것은 일단 하지 않는다. 그림으로 보면 한눈에 이해할 수 있는 것도 글로 설명하려면 쓸 게 많아져 글이 길어진다. 쓰는 사람이 먼저 이해해야 명확한 설명으로 읽는 사람을 이해시킬 수 있다.

그림으로 그리는 이유는 사람들이 글을 읽을 때 머릿속에 내용이 그려지면 확실히 이해했다는 느낌을 받기 때문이다.

무슨 말을 하는지는 알겠는데 아리송하다 싶을 때는 읽는 사람의 머릿속에 그림이 그려지지 않기 때문이다.

명료한 문장은 읽는 사람의 머릿속에 또렷하게 그림이 그려져 구도를 떠올리게 한다.

쓰는 사람의 머릿속에 명확한 구도가 없는데 읽는 사람이 구도를 떠올리지 못하는 건 당연하고, 쓰는 사람이 무슨 말을 하는지 잘 모른다면 읽는 사람도 당연히 내용을 제대로 파악하기 어렵다.

글을 쓸 때는 먼저 그림을 그리고 그 그림을 글로 풀어 본다. 그

글을 읽고 그림이 떠오른다면 명료한 문장이라 할 수 있다.

그림을 함께 실으면 되지 않느냐는 분도 있을 것이다. 물론 그림을 실어도 좋지만, 글에는 그림으로 표현하기 힘든 미묘한 뉘앙스를 전하는 힘이 있다.

뼈대로서의 그림 정도는 무방하지만, 내용까지 **그림으로 표현해 버리면 미묘한 뉘앙스가 제대로 전해지지 않는다.** 뼈대에 살이 붙어야 비로소 재미있어진다. 그런 상태로 제출해야 글을 쓰는 의미가 있다.

먼저 전혀 다른 세 개의 콘셉트가 어떻게 이어지는지 그림으로 그려 본다.

'이 둘은 이 포인트로 이어진다' 혹은 '이 둘은 어떤 연관성이 있을까?' 등을 생각해 본다. 그러면 '다소 무리가 있지만 어떻게든 이 셋은 이어진다'와 같은 결론이 세 개의 키 콘셉트를 엮은 중심에 나온다.

연습할 때는 **억지로라도 세 개를 연결해 본다.**

다음은 **그 그림을 어떻게 하면 읽는 사람의 뇌 속에 복사해서 붙여 넣기 할 수 있는지 생각하면서 글을 쓴다.** 아리송한 그림밖에 그려지지 않는데 그것을 글로 표현하려면 더 꼬이기만 할 뿐이다. 일단 머릿속에서 확실하게 구도를 잡고 읽는 사람이 이해할 수 있도록 문장화하는 훈련은 쓰는 힘을 기르는 데 매우 효과적이다.

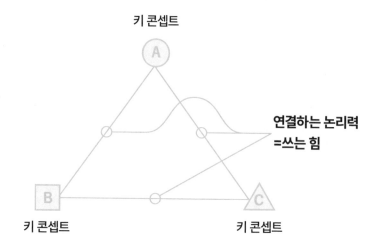

키 콘셉트

연결하는 논리력 =쓰는 힘

키 콘셉트

키 콘셉트

하나하나의 키 콘셉트에 그만큼 오리지널리티가 없어도 연결형태에 독창성이 생겨난다

암묵지를
떠올린다

왜 세 개를 고를까?

그것이 암묵지를 떠올리게 하는 기술이기 때문이다.

암묵지란, 의식화되어 있지는 않으나 체험을 통해 배양된 지혜다. 세 개를 고른 시점에 저절로 내면의 암묵지가 작용하는데 그것을 발굴하는 것이다. 그 세 개에 관해 쓰면 왜 그것을 골랐는지 돌아보게 된다.

고흐전에 가서 그림을 보고 감상을 쓸 때, 막연히 '고흐가 좋았다'라는 생각만으로는 아무것도 쓸 수 없다.

하지만 수십 점의 그림 중 마음에 든 그림을 세 점 고르고 왜 그 셋을 골랐는지를 단서로 글을 쓰면 그 사람 나름의 시점에서 고흐에 관해 쓸 수 있다.

세 작품을 고른 시점에 이미 암묵지가 작용하여, 암묵지를 발굴하여 쓰는 중에 세 작품의 공통점이 명확해진다.

고르는 행위에 포함된 흥미로운 암묵지의 작용을 이용한다.

암묵지를 언어화할 때는 우뇌와 좌뇌의 중개 역할을 하는 듯한 쾌감이 있다. **머릿속에서 모호했던 것들을 명확하게 해 가는 작업이라고 할까.**

세 개를 고르는 것은 어떤 대상에도 응용할 수 있다. 이를테면, 그림 한 점의 감상을 말할 때도 그림에서 끌렸던 세 가지를 꼽아 본다.

레오나르도 다빈치의 〈모나리자〉를 보고 그냥 '아름답다'라고만 생각할 게 아니라, 배경과 손 위치 혹은 시선에도 주목해 본다. 그렇게 하면 〈모나리자〉가 가진 세계가 자신 안에서 명확해진다.

자기가 끌린 세 가지를 고르는 기술로 자기 나름의 시점이 들어간 문장을 끌어내는 것이다.

170

목차를
구성한다

원고지 5~10장의 짧은 글과 200~300장의 긴 글을 쓰는 것은 똑같이 쓰는 작업이어도 요구되는 노력이나 기법에 차이가 있다. 그러나 기본 기법은 다르지 않다. 바로, 쓰기 전에 전체를 구축해 두는 기법이다.

설령 2, 300장의 긴 글이어도 한 항목당 5장씩 40~60 항목 정도를 쓰면 최종적으로 그 정도 길이가 된다.

실제로 한 문장 한 문장 써 가는 것도 중요하지만, 그 이상으로 항목을 추출하는 작업이 필요하다. 그러기 위해 책을 예로 들면, 가장 큰 구획 단위인 장을 구성하고, 절을 구성하고, 항목을 구성하여 정리하는 작업이 필요하다.

중요한 것은 논리의 등급을 틀리지 않는 것이다. 등급이 높은 순서대로 장을 구성하고 절을 구성하고 항목을 구성하여 분류하고, 장은 1, 2, 3으로 나누고 1장을 다시 ①, ②, ③절로, 1절을 (1), (2), (3) 항목으로 나눈다.

컴퓨터의 시작 버튼을 누르면 프로그램, 설정 등이 나

온다. 그 프로그램을 클릭하면 액세서리, 워드가 나오고 액세서리를 클릭하면 게임, 인터넷 툴이 나온다. 이와 같이 트리 모양의 층계처럼 나뉘게끔 구조화한다.

이때 무엇이 장이고, 무엇이 절이며, 무엇이 항목인지 트리 모양의 대소 구조를 틀리지 않도록 주의한다. 이를테면, 절은 되지만 장은 될 수 없는 것을 확인한다. 절에 지나지 않는 것을 장의 타이틀로 가져와 버리면 그 장만 내용의 밀도가 낮아진다.

또한, 어느 항목과 어느 항목을 하나의 절로 정리할 수 있는지 생각한다.

어디와 어디가 같은 수준인지, 어디가 중요한지와 같은 체계를 대략 파악하는 것이 구축력이다.

이렇게 견고하게 구성한 다음 쓰는 작업으로 들어간다.

사람들은 대부분 이런 작업을 거치지 않고 되는대로 그냥 쓰기 시작한다.

수업 중 학생들에게 즉석에서 '아이덴티티'라는 키워드를 주고 20분 안에 글을 써서 제출하는 과제를 냈다고 하자.

시간이 되어 제출하라고 하면 두세 줄밖에 쓰지 못한 학생이 여럿 나온다. 좋게 생각하면, 그 학생들은 너무 깊이 생각하느라 제대로 쓰지 못한 것일 수도 있다.

어쩌면 '이토록 깊은 문제에 관해 쓰는 데 20분이란 시간은 턱도 없다'고 생각할지 모른다. 하지만, 이것은 하나의 훈련이다. 그때 그 자리의 주어진 상황에서 무언가에 관해 표현해야만 하는 상황은 얼마든지 있다. 그 제한된 상황 속에서 정리하는 힘이 필요하다.

혹은 본론으로 들어가기 전에 시간이 되어 결국 아이덴티티를 어떻게 생각하는지 아예 손조차 대지 못한 학생도 많다.

우선, 글을 쓰기 전에 쓸거리를 메모하여 추려 놓고 중요도의 순번을 정한다. 그런 매핑을 하여 중요도 높은 순으로 써 가면, 설령 도중에 시간이 다 되어도 하고 싶은 말은 제대로 표현할 수 있다.

생각하기 전에 쓰고, 쓰면서 생각하는 글쓰기 방법은 금물이다. 달리기 전에 그 장소의 지형을 확실히 익혀 두면 지형에 따른 불필요한 에너지를 줄이고 달릴 수 있다.

(ONE POINT)

치밀한 논리 설명력은 수학의 증명 문제를 해답을 보면서 적확하게 설명해 보는 훈련을 계속하면 단련하기 쉽다.

나의 논문
트레이닝

글쓰기 능력은 의식적으로 훈련하지 않으면 단련되지 않는다. 나의 경우, 논문을 많이 쓴 경험이 구축력을 다지는 데 큰 힘이 되었다.

서두에서 논문을 쓰는 의도를 요약하고 어떤 순서로 풀어 갈지 명확히 한 다음 자료를 인용하면서 결론으로 가져간다. 첫 부분을 읽으면 대략 내용을 알 수 있게끔 하는 글쓰기 기법이다.

논문은 생각을 장황하게 늘어놓는 것과 다르다. **써야 할 것, 꼭 써야만 하는 것을 전부 끄집어내어 배열하고 구축한 후 실제 쓰는 작업으로 들어간다.** 본격적인 글쓰기로 들어가기까지의 작업을 명확히 해 두지 않으면 내용 있는 논문을 쓸 수 없다.

학자라면 대부분 이런 훈련을 반복해 왔을 것이다. 다만, 논문은 일반 독자가 읽기에는 문장이 너무 딱딱해서 읽기 어려운 만큼 문장의 톤을 부드럽게 조절할 필요가 있다.

나는 책을 쓸 때 항상 논문으로 갈고닦은 글쓰기 기법을 구사한다. 먼저 무엇을 말하려는지, 전하고자 하는 메시지를 명확히 한다. 가장 주장하고 싶은 메시지를 서두에 갖고 온다.

나의 책은 목차의 장이나 소제목인 항목만 봐도 어떤 내용인지 이해하도록 구성했다. **항목이 정해진 시점에 대략 어떤 내용을 쓸지 머릿속에 정리되어 있기 때문이다.**

항목을 구축한 시점에 쓰는 작업의 절반이 끝나 있다. 그 설계도를 바탕으로 실제로 써 가는 작업은 힘들긴 해도, 이미 정상이 눈에 들어온 등산처럼 최종 목표는 확실하다. 길을 헤맬 불안도 없다.

목적지가 어디인지 결론도 내지 못한 글쓰기는 정상이 어디인지 모르고 산에 오르는 것과 같다.

(ONE POINT)

필요한 것은 말과 말 사이를 연결하는 힘. 각각의 인과관계나 우선순위 등을 고려하여 논리적으로 구조를 짜 맞추는 연결력이다.

저서 《독서력》 구성 예시

| 항목 | 장 |

독서 능력의 기준은?
사회가 필요로 하는 실천적 독서력
책은 지능지수로 읽는 게 아니다
'어릴 때는 책을 읽었는데'의 수수께끼
독서 능력은 국가의 자산

**서장
독서력이란 무엇인가**

혼자 있는 시간의 즐거움을 안다
자신과 마주하는 엄격함으로서의 독서
내 책장을 갖는 기쁨
이어질 듯 끊어지는 독서
독서 자체가 체험인 독서

**1장
나를 만든다**
(자기 형성을 위한 독서)

낭독의 효과
낭독의 기술화
독서는 신체적 행위다
줄을 그으면서 읽는다
뇌의 기어 변환

**2장
자신을 단련한다**
(독서는 스포츠다)

대화를 멈추고 응답한다
구어체와 문어체를 섞는다
책을 인용한 대화
매핑, 커뮤니케이션
책을 읽고 다른 사람에게 이야기한다

**3장
자신을 넓힌다**
(독서는 커뮤니케이션의
기초다)

독서감상문에서 세 가지 포인트를 고르는 훈련

독서감상문이 글쓰기 능력을 키운다는 말은 앞서 했다.

자신의 안테나에 걸린 부분을 확실하게 잡아 그것들을 베스트3, 워스트3까지 순위를 매겨 본다.

나는 아이들에게 작문 지도를 할 때, 책에서 기억에 남는 부분을 반드시 세 군데 꼽으라고 한다. 세 곳은 한 문장이 아니라 서너 줄의 한 단락이어도 상관없다.

세 곳을 고르고 나면 각각의 부분에 관해 하고 싶은 말을 정리하게 한다.

다음은 순서를 생각하게 한다. 기억에 남는 세 곳을 조합하면 그 책을 통해 얻게 된 구체적인 것들이 반드시 나온다.

세 곳이기에 그 책에서 가장 재미있는 부분, 가장 좋은 부분, 이른바 흥미로운 부분을 압축할 수 있다. **세 곳을 고르는 연습을 철저히 하여 압축 감각을 기를 수도 있다.**

세 곳을 뽑은 다음, 자신의 견해를 가감 없이 쓰고 순서도 고려하여 구성하면, 어떤 시선으로 책을 바라봤는지가 명확하게 드러난 감상문이 완성된다.

이는 아이에게만 적용되는 방식이 아니다. 어른도 글쓰기 능력을 키우고 싶다면, 이 방법으로 독서감상문(서평이라고 해도 좋다)을 써 보자.

독후감(서평) 트레이닝

책

① 성질이 다른
재미있는 부분
베스트 3을 고른다

※ 고른 부분이 재미있는가?
사람들의 마음을 사로잡을 수 있는가?

② 세 곳에 관해 저자가 아닌
자기가 말하고 싶은
코멘트를 정리한다

③ 세 콘셉트의 상호관계를
생각하고 배열한다

영화
활용법

영화를
분해해 보자

사람들에게 잘 전해지면서 독창성 있는 글을 쓰고 싶다면, 영화를 보고 그 영화에 관해 써 볼 것을 추천한다.

재미있는 영화를 보고 나면 누군가에게 이야기하고 싶어진다. **그 이야기하고 싶은 에너지를 활용하여 글로 표현해 본다.**

영화는 기본적으로 영상이 주체이므로 일단 영상 표현을 언어로 바꾸는 시점에서 근본적으로 글쓰기 능력이 요구된다.

또한, 영화는 스토리성이 있으면서 두 시간 정도에 완결되므로 글쓰기 소재로 매우 적합하다. 독서감상문은 쓰는 힘보다 오히려 읽는 힘이 필요하다. 제대로만 읽으면 일정 수준의 글을 쓸 수 있다. 이에 반해, 영화를 보고 글을 쓰려면 영상을 보고 느낀, 말로 표현하기 어려운 **어렴풋한 감정을 언어화해야 한다. 이것은 쓰는 행위의 본질에 가깝다.**

뭔지는 모르지만, 내면에 무언가가 희뿌연 상태로 있다. 글쓰기는 거기에 초점을 맞춰 가는 행위다.

희뿌연 부분에 빛을 쬐어 써 가는 과정에서 어렴풋했던 감정을 명확하게 인지한다.

표현하고 싶지만 표현하기 힘든 것을 말로 해소할 수는 있다. 하지만 **쓰는 것은 단순한 해소가 아닌 그것을 거슬러 가야 어렴풋한 수수께끼가 풀린다.** 시간은 걸리지만 그만큼 기쁨도 크다. 문제를 풀이하고 해결하는 즐거움과 비슷하다.

영화감상문을 쓰는 건 한번 머릿속에 담긴 스토리, 그것에 대한 감정을 자기 내면에서 끄집어내는 작업이다.

영화는 대부분 스토리가 있어 어느 정도 객관적으로 이야기할 수는 있다. 또한, 영화는 오락성이 높아 본 후에 어떻게 느끼든 자유다.

책은 역시 바르게 읽는 방법 같은 게 있지만, 영화는 비교적 개인이 자유롭게 해석할 수 있다. 그런 의미에서 영화라는 완결된 세계는 천차만별의 인상 비평(개인의 인상에 근거를 둔 주관적 비평)이 허용되는 세계다.

영화평론가가 단순히 인상으로 비평하는 것은 허용되지 않지만, 아마추어가 영화를 보고 어떻게 느끼는지는 자유다. 그런 점에서 글쓰기 훈련으로 **인상 비평부터 들어가는 방법**도 있다.

이를테면, 스토리는 생략하고 인상적인 장면을 몇 가

지 고른 후에 그것을 단서로 써 보아라.

'여기가 재미있었다', '이 장면에서 이런 느낌을 받았다' 라고 설령 영화 해석으로는 빗나가더라도 가벼운 자세로 써 보길 바란다. 부담 없이 써 보는 것은 어떤 소재로 자기 내면을 표현하는 멋진 훈련이다.

나아가 그 영화를 보지 않은 사람도 알 수 있게끔 **스토리를 설명해 보면 객관적으로 명확하게 표현하는 기법을 트레이닝할 수 있다.**

영화는 분명 스토리도 중요하지만, 그 이상으로 각각의 장면 묘사 방법이나 카메라 앵글 등에 의미가 있다. 영화감독은 단 한 장면 혹은 수십 초의 묘사에 어마어마한 에너지를 담는다.

그런 의미에서는 스토리를 정확히 이해하지 못해도 어느 장면, 예를 들면 정경의 인상, 색의 인상 같은 우뇌적 이해부터라도 충분히 쓸 수 있다.

틀에 박힌 표현이지만, 좌뇌적 이해가 스토리 전개를 이해하는 논리적 면이라면 우뇌적 이해는 정경의 이미지 색의 이미지 같은 시각적인 면이다. 영화에 관해서는 좌뇌적 이해부터도 우뇌적 이해부터도 쓸 수 있다.

책 읽는 데 거부감이 있는 사람이 쓰는 힘을 기르는

훈련으로 시작하기에 좋은 방법이다.

무엇에
반응하는가

아무런 소재 없이 쓰기는 어렵다. 설령 간단한 논문이라도 테마 없이 자유롭게 쓰라고 하면 무엇을 써야 할지 막막하다. 혹은 특별한 일이 없던 날의 이야기를 쓰려고 해도 쉽게 쓰지 못한다.

글을 쓸 때는 어떤 콘텐츠나 사건에 대해 쓰는 게 자연스럽다. 그 일이 하나의 인상 깊은 체험이 되었다면 한층 쓰기 쉽다. 그런 점에서 영화는 내면을 파고들기 때문에 인상에 남은 장면을 떠올리면 나름의 테마를 설정하기 쉽다.

어떤 것이 내면을 파고들었는지, 어떤 각도에서 파고들었는지 생각하면서 써 나가면 자신을 잘 표현하게 된다. 글쓰기는 자신을 바라보기에도 적합하다.

영화는 자신을 확인할 수 있는 거울과 같다.

영화를 보고 어떤 점이 좋았는지, 어느 부분이 지루했는지 생각하는 사고 자체가 자신을 나타낸다. 따라서 두 사람이 같은 영화를 보고 나중에 그 영화에 관해 이야기하더라도 공통된 부분은 있겠지만, 건해는 다를 것이다. 그 차이가 각각 내면을 비추고 있다.

관심을 파고드는
세 가지

영화에서 가장 인상 깊었던 세 장면을 골라 본다. 그리고 왜 그 장면이 인상 깊었는지를 써 본다. 최종적으로 세 장면을 연결해 보면 세 장면을 고른 이유가 명확해지면서 그 사람의 감성이 뚜렷하게 나타난다.

그 장면들을 잇는 연결고리는 자기 내면에 있다. 그 연결고리를 생각하는 중에 왜 그 장면들을 골랐는지 생각하게 된다.

각 장면의 장점을 설명하고 논하면서 자신을 표현하게 되는 것이다.

하나만 고르라고 하면 완전히 인상 비평이 되어 버린다. '이 장면은 절대 잊히지 않는다'와 같은 영화 해석법도 나쁘지 않지만, 그래서는 영화 전체를 구체적으로 설명하기 어렵다.

세 가지를 고르는 것은 감독이나 각본가가 노린 의도를 자신의 관점과 감성으로 헤아리는 것이다. 무작위로 고른 세 가지에 다소 무리가 되더라도 하나의 고리를 찾아 연결해 본다.

그것은 그 셋을 선택한 자신의 관심사를 파고들어 하나의 말을 찾아내는 작업이다. 거기에서 하나의 키워드를 찾아내면 매끄럽게 글을 쓸 수 있다.

전체에서 셋을 고르고 그 셋의 공통 키워드를 찾아내어 정리하는 기법은 이미 말했듯이 논문을 쓰는 기법과 같아서 다양한 분야에 공통으로 응용할 수 있다.

3장

문체를
익힌다

1.

문체가
글에
생명력을
불어넣는다

주관적인
것을 쓴다

최근에는 책 읽는 것은 싫어해도 글 쓰는 것은 좋아하는 사람이 많다. 소설 문학지 문학상에는 그 문학지 구독자 수보다 훨씬 많은 응모자가 몰려든다고 한다.

책을 거의 읽지 않는데 소설을 쓸 수 있다고 생각하는 사람 중에는 자기가 특별한 체험을 했기 때문에 쓸 수 있다고 생각하는 사람도 존재한다.

하지만 **당사자에게 의미 있는 체험이라도 그 체험이 다른 사람에게까지 의미가 있을지는 의문이다.**

이를테면, 연애 경험은 당사자에게는 매우 드라마틱한 체험이지만 다른 사람이 보기에는 세상에 차고 넘치는 흔한 연애로밖에 보이지 않는다.

개인의 체험은 당사자에게는 분명 가치 있지만, 그것을 타인이 읽을 가치가 있는 글로 정착시키려면 대단한 기술이 필요하다.

소설이나 에세이를 읽고 '이 정도는 나도 쓸 수 있다'

라고 생각하는 사람은 타인을 대상으로 쓰는 글과 자신을 대상으로 쓰는 글의 차이를 알지 못하는 사람이다.

평범한 글로 인기를 끌고 있는 최근의 소설이나 에세이는 개인적 체험을 그대로 주관적으로 쓴 것처럼 보일지도 모른다. 그러나 평판이 좋은 소설이나 에세이는 개인적 체험으로 보이면서(실제로 개인의 체험을 바탕으로 하고 있어도) 테마, 구성, 문장 표현을 고심하며 썼기 때문에 사람들의 공감을 불러일으키는 보편성이 담겨 있다.

사람들이 그 글을 읽을 때 재미있다고 느끼게 만드는 힘, 문장의 매력, 개성 등이 생명력이다. 좋은 소설이나 에세이에는 생명력이 있다.

이 생명력은 **문체**에서 생겨난다. 견고하게 구축된 글을 쓰게 되었다면 다음은 **글에 생명력을 불어넣는 문체를 익히는 단계**다.

(ONE POINT)

하나의 사건을 부각하고 다른 경우에도 해당할 만한 법칙이나 교훈을 도출하여 정리하면 함축성 있고 가독성 있는 문장이 된다.

문체는 구축력 위에
다져진다

내용은 그리 특별할 게 없는데 문체 때문에 읽게 만드는 글도 있다. **문체는 문장의 중요한 구성요소로, 쓰는 사람의 포지션을 나타낸다.**

연기가 서툴더라도 배우로서의 존재감이 있어 보는 사람을 즐겁게 하고 카리스마가 느껴지는 배우가 있다. 어떤 역할을 해도 항상 똑같고 그 역할이 그 역할 같지만, 그래도 통한다.

연기는 서툴러도 그 배우만의 스타일이 몸에 배어 있기 때문이다. 사람은 최종적으로 스타일을 즐기는 면이 있다.

연기가 빼어나도 존재감이 옅어 배우로서 힘을 발하지 못하고 슬그머니 사라지는 부류도 있다. 어떻게 연기할지 연기에 대한 구축은 견고해도 존재감이 없기 때문이다. 자신의 포지션을 확립하지 못했기 때문이다. 배우는 연기력만이 전부가 아니다. 존재감이 옅으면 오래가기 힘들다. **존재감은 그 사람의 스타일이 얼마나 확고한지에 달려 있다.**

그 스타일이 생명력을 느끼게 한다.

연기력은 쓰는 힘으로 말하자면, 구축력에 필적한다. 이것은 배우에게는 아주 기본 중의 기본이다. 하지만 그 이상으로 스타일, 즉 존재감이야말로 배우의 매력이다. 이 스타일이 문장에서는 문체다.

기무라 타쿠야는 어떤 드라마에 나와도 기무라 타쿠야 그 자체다. 연기력이 없다는 말이 아니라, 연기로 그 역할에 완전히 빠진 기무타쿠(기무라 타쿠야의 별명 — 편집자 주)보다는 다양한 역할을 연기하는 기무타쿠를 사람들은 즐긴다. 기무라 타쿠야는 자신의 캐릭터, 즉 스타일을 확립하여 그것이 그의 존재감을 도드라지게 한다.

개성 있는 가수나 모델이 배우로 전향하기 쉬운 이유도 그 사람의 캐릭터, 즉 존재감이 있기 때문이다. 연기력은 하면서 는다.

글쓰기는 이와 정반대로, 배우의 연기력에 해당하는 '구축력'이 먼저 요구된다. 내용 없이 단순히 문체나 문장의 재미로만 읽혀서는 얼마 안 가 독자는 질려 버린다. 구축력을 기르지 않으면 프로 작가로서는 오래 가기 어렵다.

문체는 개성에 좌우되므로 훈련만으로는 익히기 어렵다. **구축력은 훈련하기에 따라 누구든 익힐 수 있다.** 쓰는 힘을 기를 때는 먼저 구축력을 다지는 것이 지름길이다. 문체를 익히는 것은 그다음 단계다.

생명력은 문체에
배어 나온다

좋은 작품은 읽어 보면 알겠지만, 견고하게 구축되어 내용이 알찰 뿐만 아니라 세부에서 생명력이 느껴진다. 리포트, 기획서, 보고서 등은 생명력까지는 필요로 하지 않는다. 내용만 정확하게 전해지면 된다. 하지만 프로 작가라면 그것만으로는 불충분하다. 내용은 물론이고 세부에서 글쓴이의 감성과 숨결을 느낄 수 있어야 읽는 사람의 인상에 남는다.

좋은 문장은 세부에 얼마나 생명력이 머물고 있느냐로 정해진다.

같은 내용을 쓰더라도 쓴 사람에 따라 독자가 받아들이는 호소력이 전혀 달라지는 이유는 이 생명력 때문이다.

생명력은 문체에 크게 좌우된다. 문체는 쓰는 사람의 감성이 드러나기 때문이다. 자신과 마주하고 자신을 찾는다는 감각이 있는가, 사무적으로 쓰고 있는가, 읽는 사람을 의식하고 서비스 정신으로 쓰고 있는가에 따라 문체도

완전히 달라진다. 자신과 마주하는 느낌이 담겼다면 문체
에 생명력이 머문다.

생명력과
구축력

글쓰기를 두 가지 영역으로 나눠 보면, 그중 하나는 **아무에게도 보일 수 없는 일기처럼 자신만을 대상으로 쓴 글이다. 그 정반대가 보고서처럼 자신이 아닌 타인을 대상으로 한 글**이다.

이 두 영역을 생명력과 구축력의 영역으로 나눌 수 있다.

어느 영역이든 질이 좋은 글과 나쁜 글이 있다. 양쪽 영역에 걸쳐진 좋은 예가 자서전이다.

자서전은 타인을 상대로 자기 이야기를 하는 장르이지만, 단순히 자기만족뿐인 문장으로는 다른 사람에게 읽히기 어렵다. 하고 싶은 이야기가 제대로 구축되지 않으면 읽기 힘들다.

타인을 고려하지 않은 자서전은 그때그때 자신의 감정을 분출할 뿐 구축이 되어 있지 않다. 그래서는 읽는 사람에게 생명력이 전해지지 않는다.

읽는 사람이 생명력을 느끼게 하려면 구축이 필요하다. **자기에게 깊이 빠져 버리면 남에게 전해지지 않는다.** 그 균형을 잡는 게 어려운 법이다.

말로는 좀처럼 이해하기 어려울 테니 예를 들어 보겠다.

미와 아키히로(일본의 가수, 배우, 연출가)의 자서전 《보라색 이력서》 서두는 자신이 태어난 환경이 어떠했는지 당시 나가사키 거리를 묘사하면서 자신과 제대로 마주하고 미와 아키히로라는 존재를 각인시키는 생명력 넘치는 문장으로 시작한다.

나는 규슈 나가사키에서 태어나 열다섯 살까지 그곳에서 자랐습니다.

다케히사 유메시가 그린 〈나가사키 십이경〉처럼 항구와 언덕이 있고, 산과 강이 있고, 그 안에 스페인, 포르투갈, 네덜란드, 러시아, 중국, 조선, 영국, 미국 같은 다양한 나라 사람들을 먼 조상으로 둔 사람들이 조상의 피를 물려받은 용모와 성품, 관습을 그대로 유지하면서 한 폭의 그림처럼 살고 있었습니다.

길거리나 가옥 풍경은 일본풍인 듯하면서도 그렇지 않은, 뭐랄까, 세상 어디에도 없을 것 같은 일종의 독특한 마을…… 그래요. 마치 동양과 서양의 신 사이에 태어난 변덕쟁이 여신 같은 마을이었어요. 1935년 당시는 아직 세계대

전이 일어나기 전이라 물자가 풍족해서 러시아 케이크나 중국 떡을 비롯하여 상하이에서 건너온 다양한 물건들로 마을이 북적였습니다.

당시 카페와 요정을 운영하던 우리 집에는 시미바라와 아마쿠사 근방에서 온 하녀들 틈에 백인 계통인 러시아인, 그리고 혼혈 여급들도 섞여 있었습니다.

성당과 마루야마 유곽도 돌층계도 무사했던 시절로, 그 정경은 오랜 역사를 배경으로 아름다운 보석을 박아 넣은 듯했습니다. 마을 가운데는 오래된 건물이 남아 있었고 우리 집 옆에는 미나미좌라는 극장이 있었는데, 거기서는 곡마단 연극부터 각종 쇼와 가부키 그리고 일본 영화에서 프랑스 영화에 이르기까지 갖가지 공연을 하고 있었습니다. (중략)

접객업 집안에서 자란 나는 비록 어린 마음에도 남녀 간의 꼴사나운 흥정이나 언쟁도 눈치채게 되었고, 저절로 탐미주의로 도피하려는 고독한 아이가 되어 버렸습니다.

　　　　　　　　　_미와 아키히로, 《보라색 이력서》

《채플린 자서전》도 그렇지만, 잘 쓴 자서전은 사진이 깔끔하게 정렬된 것처럼 내용이 구축되어 있다. **사건이나 정경이 눈에 선하게 묘사되어 생명력으로 가득하다.** 의미 있는 내용과 생명력이 균형을 이룬 문장의 표본이라 하겠다.

장편소설은 당연히 스토리가 견고하게 구축되어야 한다. 그뿐 아니라, 한 장면 한 장면에 생명력이 넘쳐야 한다.

이는 **경험지와 암묵지를 얼마나 능숙하고 생생하게 표현하느냐에 달려 있다.** 톨스토이의 《전쟁과 평화》는 그런 멋진 소설의 표본으로, 스토리 구성이 짜임새 있을 뿐 아니라 한 장면 한 장면이 생생하게 눈앞에 그려진다. 한순간의 정경을 언어로 표현하여 응결시키는 것이 쓰는 힘이다.

(ONE POINT)

글쓰기는 글쓴이의 감각을 문장에 응축시키는 것이다. 한 글자 한 글자에 생명력을 불어넣는 작업이다.

생명력(passion)

생명력은 느껴지지만
거친 문장

스타일이 있는 문장

구축력
(기술)

논외의
문장

문장이 잘 정리되어 있
지만 지루한 문장

소리 내어 읽으면
생명력을 느낄 수 있다

읽는 힘이 바탕에 있어야 쓰는 힘도 생긴다. 이것이 읽는 힘과 쓰는 힘의 관계다.

당연히 수많은 책을 읽는 사람과 거의 읽지 않는 사람의 문장은 다르다. 책을 많이 읽는 사람이 쓴 문장에는 어떤 형태로든 정보가 축적된다. 책을 별로 읽지 않는 사람은 자기 생각만 길게 늘어놓고 다른 정보는 없다.

어떤 문장이 좋은지는 소리 내어 읽어 보면 잘 알 수 있다. 문장이 꼬이지 않고 매끄럽게 흐르는지를 파악할 수 있기 때문이다.

소리 내어 읽어 보면 알겠지만, 대화가 진부해서 낯간지러운 소설도 적지 않다. 이것은 문체와도 관련이 있지만, 생명력이 없기 때문이다. **생명력이 있는지 없는지는 소리 내어 읽으면 더 분명해진다.**

글을 쓴다는 것은 그 사람의 감각을 문장에 응축시키는 것이다. 거기에 생명력을 불어넣어 결정화한다. 그런 감각은 그냥 쓰기만 한다고 몸에 배지 않는다.

　　동시에 좋은 문장을 많이 읽어야 한다. 또한, 소리 내어 읽어 보면 문장의 생명력을 느낄 수 있어 저절로 생명력이 몸에 밴다.

자신을 대상으로 한 글과
타인을 대상으로 한 글은 다르다

글을 쓰는 행위는 보통 타인에게 읽히기 위함이지만, 자신에게 쓰는 글도 있다. 타인에게 보일 일이 없는 일기 같은 글은 오직 자신만을 독자로 두고 쓴다.

자신을 향해 글을 쓰는 것은 자기 내면을 깊이 들여다보는 행위다. 그것은 말을 수단으로 자신의 느낌을 선명하게 만드는 작업이기도 하다.

뭔가 중요한 것을 잡은 듯한 기분이 드는데 왠지 확실하지는 않을 때 글을 써 보면 확실해진다. 어렴풋한 이미지밖에 떠오르지 않는 것을 글을 통해 초점을 명확하게 맞추는 것이다.

자기가 떠올린 생각이라도 그 생각은 흐르는 물처럼 뚜렷한 형태가 아니다. 그대로 두면 잡기 어렵고 시간이 지남에 따라 잊힌다. 그것을 글로 표현하여 정착시키고 확실하게 잡을 수 있는 형태로 만들어 두면 한 발짝 떨어져 자신을 바라볼 수 있다.

이는 타인을 대상으로 쓰는 행위, 즉 구축하는 것과 다르다.

보통을 글을 쓸 때 타인을 상대로 쓰는 것이 전제다. 그런데 이 타인을 상대로 쓰는 것을 의식하지 않는 사람이 많다. 따라서 자신을 위해 쓰는 글과 구분하지 못해 의도가 모호한 문장이 되기 쉽다.

일기처럼 자신을 상대로 쓰는 경우와 타인에게 제대로 보이기 위해 쓰는 경우를 의식적으로 명확하게 구분해야 한다. 자신을 상대로 한 글이라면 꾸밀 필요가 없다. 계속해서 글을 쓰며 자기 껍질을 벗겨 가면 된다.

하지만 남에게 보이기 위한 글이라면 제대로 꾸며야 한다. **쓰기 전에 자신을 대상으로 하는 글인지 남을 대상으로 하는 글인지를 명확하게 의식해야 한다.**

다만, 자신을 향해 쓰는 글이 내면의 욕구불만 등을 분출하는 배설 행위가 되지 않도록 주의한다. 다른 사람이 읽을 일이 없으니 거기에 평소 자기 생각과 울분, 불만을 맘껏 토해 낼 수는 있다. 그러나 그런 글은 창조적인 글로 이어지기 어렵다.

2.

문체는
포지션으로
결정된다

문장의
신체성

문체(文體)라는 말은 글(文)의 몸(體)이라고 쓰듯이 신체와 연관이 있음을 알 수 있다. 사람의 몸을 보거나 만지거나 하면 그 사람의 몸이 어떤지 알 수 있듯이 글에도 그런 몸이 있다.

사람들의 문체가 저마다 다르다는 감각은 달리 글쓰기의 달인이 아니어도 알 수 있다. **글에 쓰는 사람의 몸 분위기가 흘러든 듯한 느낌이 든다.**

다자이 오사무의 《달려라 메로스》 문체는 한 문장 한 문장이 대단히 짧고 시원시원하다. 다자이가 그 글을 쓸 당시의 리드미컬한 움직임이 독자의 몸속까지 흘러드는 듯한 느낌이다.

일몰까지는 아직 시간이 있다. 나를 기다리는 사람이 있는 거다. 일말의 의심도 없이 묵묵하게 기다려 주는 사람, 한없이 나를 믿어 주는 사람. 내 목숨 따위는 중요하지 않다. 죽음으로 사죄한다는 허울 좋은 말은 필요 없다. 나는 믿음에 보답해야 한다. 지금 나에게는 오직 그 일뿐이다. 달려라! 메로스.

_다자이 오사무, 《달려라 메로스》

어떤가. 가슴에 새겨지는 문체가 긴박감을 더하고 있지 않은가. 독자에게 작가의 가장 중요한 것이 전해진 느낌이 든다.

이는 서술어가 "다", "입니다", "하다" 등에서 오는 차이를 크게 넘어선다. 여기서 말하는 문체란, 서술어가 어떻게 다르냐가 아닌 문장 전체와 관련된 것이다.

문체를 깊이 느끼는 감성을 기르면, 읽는 힘도 쓰는 힘도 비약적으로 상승한다. 음악에 비유하면 같은 곡이라도 연주자에 따라 전혀 다르게 들리는, 그 차이를 알게 되면 음악을 듣는 재미도 깊이도 달라지는 것과 같다.

문체는 연주자의 개성이라 할 수 있다.

(ONE POINT)

이거다 싶은 문장은 낭독한다. 소리 내어 읽으면 문장의 생명력을 더 확실하게 느껴 자기 것으로 만들 수 있다.

포지션을
의식한다

고유의 문체를 익힌 사람은 자신의 포지션을 명확하게 인식한다. 가상의 독자를 떠올리며 그들에게 말을 건넨다는 의식으로 쓰는 사람도 있다.

자신의 포지션을 확실하게 잡지 않으면 글을 쓰기가 어렵다. 엉뚱하고 재미있는 포지션으로 사람들에게 말을 전하기로 마음먹었다면, 그 나름으로 쓰기 쉽다. 자신의 포지션을 알지 못하고 쓰는 것은 굉장히 모호해서 쓰기가 어렵다.

세상이나 타인과 자신이 어떤 관계를 맺고 있고 거리감은 얼마나 되는지는 글을 쓸 때 아주 중요한 문제다. 웃기는 글을 쓰는 이유는, 그 사람이 세상 사람들로부터 해학적으로 보이는 포지션이기 때문이다. 이것은 이것대로 재능이 필요한 글쓰기 기법이다. 빈대로, 본인이 남보다 조금 높은 포지션에서 매사를 보며 글을 쓰는 기법도 있다.

이처럼 **포지션을 어디에 두느냐에 따라 문체는 달라진다.** 사람에 따라 독자에게 설교하는 포지션을 취하면 쓰기 쉬운 사람이 있을 테고, 반대로 자기 비하 스타일로 가는 쪽이 더 쓰기 쉽다는 사람도 있다. 냉철한 감각이냐 다정한 감각이냐에 따라서도 글이 달라진다. 가벼운 글을 잘 쓰는 사람이 있는가 하면 무게 있는 글을 잘 쓰는 사람도 있다.

소설의 경우, 화자가 삼인칭이냐 일인칭이냐에 따라 처음부터 포지션이 명확하게 달라진다.

무라카미 하루키의 소설은 대부분 일인칭으로 쓰였지만 《해변의 카프카》는 '카프카 소년' 부분은 일인칭으로, '나카타 씨' 부분은 삼인칭으로 쓰였다. 두 세계를 번갈아 그리며 이야기가 진행된다. 의식적으로 인칭을 구분하여 복수의 포지션을 취한 스타일의 소설을 시도했다.

《해변의 카프카》 중 일인칭으로 쓴 5장의 첫머리 부분과 삼인칭으로 쓴 6장의 첫머리 부분을 살펴보자.

버스가 세토나카이에 걸쳐진 거대한 다리를 건너는 장관을 잠을 자느라 놓치고 만다. 지도에서나 보던 그 커다란 다리를 직접 볼 기회라며 기대하고 있었는데. 누군가가 내 어깨를 톡톡 치며 깨운다.

"얘, 도착했어." 그녀가 말한다.

나는 좌석에서 기지개를 켜고 손등으로 눈을 비빈 다음 창밖을 내다본다.

(중략)

그녀는 피로에 전 목소리로 말한다. "아, 지루해. 허리가 나가는 줄 알았다니깐. 목도 뻐근하고. 이제 야간 버스는 두 번 다시 안 탈 거야. 값이 더 나가더라도 비행기를 탈래. 난기류가 있건 공중에서 납치당하건 아무튼 무조건 비행기를 탈 거야."

나는 머리 위 선반에서 그녀의 여행 가방과 내 배낭을 내린다.

"이름이 뭐야?" 내가 물어본다.

"내 이름?"

"응."

"사쿠라." 그녀가 말한다. "넌?"

"다무라 카프카." 내가 말한다.

"다무라 카프카." 사쿠라는 반복해서 말한다. "특이한 이름이네. 외우긴 쉽지만."

나는 고개를 끄덕인다. 내가 다른 사람이 되는 것은 간단한 일이 아니다. 그렇지만, 다른 이름을 가진 사람이 되는 것은 간단하게 할 수 있다.

_무라카미 하루키, 《해변의 카프카 상》 5장

"안녕하세요." 하고 늙수그레한 남자가 말을 걸었다.

고양이는 얼굴을 약간 쳐들고 낮은 목소리로 몹시 성가신 듯 인사를 받았다. 늙고 커다란 검은 수고양이였다.

"오늘 날씨 참 좋죠."

"아, 뭐." 하고 고양이는 말했다. (중략)

고양이는 어떻게 할지 잠시 망설였다. 그러다가 체념한 듯 말했다.

"음, 당신은……우리 고양이 말을 할 줄 아는군."

"아, 네." 하고 노인은 머쓱한 듯 말했다. 그리고 경의를 표하 듯 후줄근한 등산 모자를 벗어들었다.

_무라카미 하루키, 《해변의 카프카 상》6장

5장의 첫머리는 카프카 소년이 다카마쓰행 고속버스에서 알게 된 사쿠라에게 '다무라 카프카'라고 이름을 대는 장면이다. 6장 첫머리는 나카타 씨가 고양이와 대화할 수 있는 특수한 능력의 소유자임을 묘사한 장면이다.

이것만으로는 문체의 차이를 알 수 없겠지만, **일인칭으로 쓸 때는 그 인물과 관련된 것밖에 쓸 수 없다. 삼인칭으로 쓰면 그 인물과 관련된 것 이외에도 자유롭게 쓸 수 있다.**

나카타 씨가 주인공으로 등장하는 짝수 장에서는 나

카타 씨와 행동을 함께하는 호시노 씨라는 트럭 운전사가 등장한다.

나카타 씨가 죽은 후 호시노 씨 시점에서 이야기가 흘러간다.

> 나카타 씨는 죽음으로써 간신히 보통의 나카타 씨로 돌아올 수 있었다고 청년은 생각했다. 나카타 씨는 너무도 철저하게 나카타 씨로 있었기에 나카타 씨가 보통의 나카타 씨가 되기 위해서는 죽을 수밖에 없었던 것이다.
>
> _무라카미 하루키, 《해변의 카프카 상》 44장

이 표현은 '나카타' 씨 일인칭으로는 쓸 수 없다. 삼인칭으로 묘사해야 비로소 가능해진다.

이처럼, 글을 쓸 때 자신의 포지션을 어디에 두느냐에 따라 쓰는 방법은 완전히 달라진다. 거기에 문장의 신체성, 즉 그 사람의 개성이 확연히 드러난다.

자기에게 적합한 포지션을 찾아내기란 여간 어려운 일이 아니다. 사람들은 글을 쓸 때 대부분 그런 것을 크게 의식하지 않는다.

포지션을 어디에 둘지 조금씩 의식해 보면 쓰는 방향이 정해진

다. 어떤 포지션에서 읽는 사람을 향해 무슨 말을 하고 싶은지가 명확해진다.

(ONE POINT)

자신의 포지션을 확실히 정하고 나서 쓰기 시작하면, 논점을 정리하기가 훨씬 쉽다. 읽는 사람에게도 설득력이 높아진다.

(ONE POINT)

내면의 사고나 감정을 적확하게 표현할 수 있는 말을 찾아 문장을 연결한다. 글을 쓰는 것으로 애매모호한 것을 깊게 파악하는 힘이 단련된다.

(ONE POINT)

뛰어난 표현을 접하면 인식력이 생겨 누구나 알고 있는 것을 독자적 언어로 표현할 수 있게 된다.

포지션을
정한다

문체는 쓰는 사람이 어떤 포지션에서 쓰는지에 따라 정해진다고 말한 바 있다.

일본 연회에는 연회 자리의 흥을 돋우는 것을 직업으로 하는 남자 '다이코모치'라는 존재가 있다. 이 다이코모치는 손님을 "최고시옵니다"라고 치켜세운다. 이 "시옵니다"라는 말 덕분에 말하기가 쉬워진다. 이 말로 자신을 낮추고 상대를 치켜세우는 포지션을 취할 수 있기 때문이다. 이 다이코모치의 정식 명칭은 호칸(幇間)으로 사람과 사람사이를 돕는다는 의미가 있다. 다니자키 준이치로의 《호칸》이라는 단편은 인간의 깊이와 유머를 그린 명작이다. 포지션을 일부러 '호칸'에 두고자 한, 눈높이가 좋은 이야기다.

이처럼 포지션이 정해지면 이야기하기도 쉽고 쓰기도 쉽다. 반대로, 포지션을 정하지 않으면 쓰기가 어렵다.

따라서 자기가 신문기자라 생각하고 쓰는 것처럼, **어**

떤 포지션에 설지 가정하고 써 보는 것은 매우 효과적인 트레이닝이다.

포지션을 어떻게 정했는지는 문체에 나온다. 세상에 대해 포지션을 취하는 방법, 독자에 대해 포지션을 취하는 방법은 어떻게 보면 자기 자신과 어떠한 거리를 유지하는 것이기도 하다.

자신을 어느 정도 떨어진 곳에 두고 쓸 수 있는 사람의 글과 주장은 그 사람의 있는 그대로인 글과는 차이가 나게 마련이다.

자신과의 거리, 세상과의 거리 혹은 독자와의 거리 등이 문장에는 고스란히 표현된다. 그것을 글을 쓰는 행위의 두려운 부분이기도 하며 멋진 부분이기도 하다.

특히 소설을 쓸 때는 포지션을 어떻게 취하느냐가 중요한 문제다. **일인칭으로 주인공을 묘사하는 것과 삼인칭으로 주인공을 묘사하는 것은 포지션에 따라 완전히 달라진다.**

도스토옙스키의 《죄와 벌》은 원래 저자가 주인공 라스콜니코프의 일인칭으로 쓸 계획이었다. 그런데 일인칭은 보이는 것밖에 표현할 수 없고, 주인공 시점에서만 각각의 등장인물을 분석할 수밖에 없었다. 그래서 삼인칭으로 쓰게 되었다. 그러자 특별한 존재가 여럿 등장했다.

라스콜니코프 이외의 인물도 대등한 입장에 서 있게 된다. 제삼자적 시점에서 묘사하자 비로소 그토록 많은 의미가 다중적으로 담긴 소설 세계가 만들어졌다.

무라카미 하루키의 소설은 앞서 말했듯이 '나'라는 일인칭으로 쓰인 소설이 많다. 읽는 사람은 '나'와 '무라카미 하루키'의 이미지를 어디선가 겹쳐 읽게 된다. 그것이 무라카미 하루키가 특별히 취한 포지션이기도 하다.

무라카미 하루키는 '인칭의 포지션 취하기'에 관해 이렇게 말했다.

이 책(《신의 아이들은 모두 춤춘다》)에서 내가 가장 의식한 것은 문체 문제입니다. 이번에는 전부 삼인칭인데, 한 가지 주제를 두고 다양한 문체로 각기 전혀 다른 이야기를 써 보기로 했죠. 그것을 하나로 묶어 '콘셉트 앨범(Concept Album)'처럼 만들어 보자고. 나는 지금까지 대개 일인칭으로 이야기를 써 왔기 때문에 삼인칭 경험이 별로 없습니다. 하지만 어떻게든 해 봐야죠. 앞으로 여러 사람의 목소리가 어우러진 장편소설을 쓰려면 삼인칭을 효과적으로 사용할 필요가 있기 때문이죠. 물론 일인칭만으로도 어느 정도 가능합니다. 그건 순수하게 테크닉 문제니까요. 하지만 소설 스케일을 키우려면 목소리의 다양화는 아무래도 피할 수 없는 문제였죠.

_무라카미 하루키,《소년 카프카》

포지션이 달라지면 문체도 달라지는 이유는 이미 예시한 《해변의 카프카》 홀수 장의 다무라 카프카 소년의 '나'라는 일인칭으로 쓴 문체와 '나카타 씨'가 주인공인 짝수 장의 문체를 읽고 비교해 보면 이해하기 쉬울 것이다.

글쓰기 트레이닝으로는 먼저 일인칭으로 쓸지 삼인칭으로 쓸지 포지션을 취하는 방법을 연습하는 방법도 있다.

(**ONE POINT**)
독서로 얻은 정보나 사고를 내면에 꾹꾹 담아 재구축해 간다. 그 작업이 개개인의 인간성에 깊이를 더해 준다.

(**ONE POINT**)
자기를 어필하는 문장은 거시적 시점과 개별적인 시점이 필요하다. 두 가지 시점으로 사고하는 것이 요구된다.

3.

독창적인
문장을
쓴다

포지션으로
구축 방법이 달라진다

말할 때는 눈앞에 상대가 있으므로 자신과 상대와의 관계나 거리가 명확하다. 이를테면, 아이에게 말할 때와 회사 동료에게 말할 때는 당연히 자신의 포지션이 달라 상대에 따라 말하는 방법도 달라진다. 상대에 따라 자신의 포지션을 의식할 수밖에 없다.

글쓰기가 어려운 이유 중 하나는 어떤 포지션에서 누구를 향해 쓰는지가 명확하지 않기 때문이다. 보통은 그런 부분을 의식하지 않기 때문에 자신의 포지션을 정하기가 어렵다.

"여러분"이라고 말하지만 그 여러분이 어떤 사람인지 알 수 없는 글이 많다.

글을 쓴다는 것은 먼저 구축하고 나서 자신의 포지션을 어떻게 밀고 나가느냐다. 즉, 구축력과 문체가 중요하다. 구축력민으로는 자신만의 깊은 멋을 내기가 힘들다. 같은 키워드로 글을 써 봐도 전부 다른 문장이 된다. 그래서 각기 다른 문체가 나온다.

또한 포지션에 따라 구축 방식이 달라지기도 한다.

나는 《독서력》이라는 책에서 **"독서는 스포츠다"**라는 캐치 프레이즈를 먼저 만들었다. 거기에 나의 포지션이 명시되어 있다. 이 책에서는 포지션에 따라 문장이 완전히 달라진다.

예를 들면, 기노 쓰라유키(일본 헤이안 시대(794~1185)의 시인)의 《도사닛키(土佐日記)》는 "남자만 쓰는 일기라는 것을 여자인 나도 써 보려 한다"라고 하면서 여성의 문체로 쓰고 있음을 밝힌다. 여기에 남자인 필자의 위치에서 쓸 때와는 포지션이 크게 달라지면서, 필연적으로 독특한 문체가 생겨난다. 처음에 포지션을 확실하게 정하면 그에 따라 문체도 달라지고 구축 방식도 달라진다.

"나는 이렇게 잘났다" 혹은 "나는 호탕한 사람이다"라는 포지션을 처음에 정하고 그렇게 밀고 나가는 글쓰기 기법도 있는데, 그렇게 하면 독자를 가르치는 듯한 문체가 된다.

(ONE POINT)

사실과 개인적 감상을 섞어서 쓰지 않는다. 판단에는 반드시 이유가 따른다. 사실과 판단을 확실하게 구분한 투명도 높은 글을 쓰는 연습이 중요하다.

글쓰기 쉬운 포지션을 찾아낸다

독창성을 발휘하려면 **자기가 쉽게 글을 쓸 수 있는 포지션을 찾아내야 한다.**

때론 작가인 양 써 보고 때론 공직자나 신문기자인 것처럼 써 보자. 다른 사람이 된 것처럼 써 보는 것도 한 방법이다.

자신을 드러내기 싫은 사람은 논문처럼 논리 구성만으로 쓸 수 있는 글을 써 보는 방법도 있다. 논리 구성이 힘들다면 일인칭 스타일을 구사하여 소설처럼 써 봐도 좋다.

작가에게도 다양한 문체가 있다. 도스토옙스키의 글은 어느 정도 객관성 있는 리얼리즘도 있지만, 오히려 인간의 깊은 내면까지 파고드는 묘사가 주를 이룬다. 그에 반해 톨스토이의 리얼리즘은 자연의 모습이나 누가 무엇을 한 것인지 등을 대단히 선명하게 묘사해 간다.

우리가 글을 쓸 때는 도스토옙스키나 톨스토이 수준을 목표로 할 필요는 없다. 고도로 잘 짜인 문체, 포지션을 갖는 수준이 아니라 **어떻게 하면 쓰기 쉬운 포지션을 가질지를 찾아낸다.**

어떤 작가든 사상가든 상관없으니 좋아하는 사람의 작품을 매일 읽고 그 세계에 잠겨 문체에서 사고방식까지 따라 해 보는 것도 트레이닝의 한 방법이다.

이 방법은 시간이 여유로울 때 집중해서 훈련을 쌓으면 효과가 나온다. 사회인에게는 시간상 어려운 트레이닝 방법이지만, 학생처럼 시간이 자유롭다면 가능하다.

(ONE POINT)

글을 쓰다가 문맥이 꼬이지 않도록, 처음에 마지막 목표점이 되는 한 문장을 정해 두면 안정된 글을 쓸 수 있다.

(ONE POINT)

특정 작가의 작품을 물밀듯 접하면 그 문체가 옮겨 온다. 문장의 리듬이나 표현력이 신체에 스며들게 된다.

주관과 객관의
균형을 취한다

독창성을 드러낼 때는 무언가에 관해 말하는 부분과 자신에 관해 말하는 부분을 어떻게 배분하느냐가 중요하다.

보고서처럼 자신을 철저히 배제하고 쓸 때도 있고, 반대로 사소설처럼 자기 생각이나 체험에 관해서만 이야기하는 것도 있다.

보통은 주관과 객관의 균형을 취하며 글을 쓴다. 무언가에 관해 쓰는 것과 동시에 자기가 어떤 사람인지 표현하는 균형이 중요하다.

자기를 있는 그대로 이야기하기란 어려운 법이다. 그에 비해, 무언가에 관해 이야기하는 형태로 자기를 표현하면 그 무언가가 자기에게 어떻게 영향을 끼쳤는지 나타냄으로써 자신이 자연스럽게 드러난다. 영화를 보고 인상 깊었던 장면이나 대사 등을 어떻게 보고 느꼈는지 쓰면 자기를 표현하는 단면이 된다.

쓰기의 원점에는 느끼고 생각하는 것이 있다. 느끼고 생각하지 않으면 글을 쓸 동기를 가질 수 없다. 느끼고 생각하려면 대상이 있어야 하는데, 그 대상도 자기가 흥미를 갖는 재미있는 게 좋다. 대상이 자신에게 어떻게 파고들었는지를 명확히 밝혀야 쓰는 것으로 이어진다.

그저 막연히 좋았다거나 재미있었다고 해서는 글쓰기의 동기가 되지 않는다. 재미있었다는 한마디로 끝나 버린다. 어떤 점이 재미있었는지부터 쓰기 시작하면 자기의 시점이 담긴 글을 쓸 수 있다.

어떤 대상에 빠져들게 된 수동적인 감각을 쓸 때는 그 대상을 분석한다는 능동적인 감각으로 반전시켜라.

취사선택으로 머리를
고속 회전시킨다

문장을 쓰려면 세 개의 키워드와 키 콘셉트를 찾는 작업이 중요하다고 여러 차례 강조했다. 왜 그 셋을 골랐는지 각각에 관해 생각하고 다시 **셋을 연결하는 공통점**은 무엇인지 생각해야 비로소 독자적인 글이 나온다.

어떤 대상에든 그런 시점을 가지면 코멘트력이 비약적으로 상승한다. "재미있었다", "지루했다"뿐인 감상에서 벗어날 수 있다.

무언가를 이야기할 때 사람들은 대부분 구체적으로 말하지 못한다. 단순히 "좋았다", "나빴다", "재미있었다", "지루했다"라고 마무리하기 쉽다.

하지만 **무엇이 좋았는지, 재미있었는지, 세 개를 꼽아 보면 구체적으로 말할 수 있다.** 어느 것을 선택할지 생각할 때 머리는 빠르게 회전한다.

고도의 취사선택을 하는 것이다. 그 취사선택 과정을 쓰면 된다. 왜 그런 선택을 했는지 확인 작업을 함으로써 쓸 수 있게 된다.

쓰기는 비디오 필름을 천천히 돌리는 것과 같다. 쓰는 행위는 말하는 행위와 비교해 매우 속도가 느리다. 하물며 머리 회전 속도와는 비교가 되지 않는다. 머리가 회전하는 모습을 슬로모션으로 다시 보면서 써 간다.

사람들은 보통 영화나 그림을 볼 때, 항상 머릿속에서 고속으로 필름을 돌리고 있지는 않다. 그런데 "어떤 세 개를 선택할 것인가?"라는 질문을 받은 순간에는 머릿속 필름이 고속으로 돌기 시작한다. 답이 나오기까지 1분이 걸렸다면 그 1분 동안 머릿속은 고속으로 회전한다. **쓰는 행위는 그 사고 회로를 슬로모션으로 한 번 더 보는 작업이다.**

누구나 머릿속이 순간적으로 고속으로 회전할 때가 있다. 고속 회전할 때 우리의 사고는 도망치는 물고기를 재빨리 낚아채듯이 생각을 빠르게 잡아야 한다. 그렇지 않으면 저 멀리 도망친 물고기처럼 생각은 금방 사라진다. 보통은 아무렇지 않게 그냥 스쳐 지나가 버린다.

머릿속에서 고속 회전하는 움직임을 의식하게 되면, '이런 생각을 하고 있었구나' 하고 스스로 놀랄 만한 일을 떠올렸거나 생각했던 것을 알 수 있다. 그것을 의식하면 자신감으로 이어진다.

"멋져!"라는 말을 입 밖에 냈을 때, 구체적으로 어떤 점이 멋진
지 질문해 본다. 생각을 정리하고 다른 말로 바꿔 본다.

글쓴이에 따라
문체는 달라진다

엇비슷한 아이디어가 나왔다고 하자. 그 엇비슷한 아이디어로 세 명에게 글을 쓰게 하면 전혀 다른 글이 나온다. 같은 주장을 하는 것 같아도 전혀 다르다. 그것이 문체의 차이다.

내용은 다르지 않은데 문장이 다른 이유는 같은 곡이라도 편곡에 따라 곡 분위기가 달라지는 것과 같다.

그림에 비유하면 동일 테마라도 화가가 다르면 전혀 다른 작품이 나온다. 같은 모티브의 그림과 비교해 보면 화가의 스타일 차이는 명확해진다.

르누아르와 세잔이 같은 장소에서 나란히 그린 풍경화를 보면 이것이 같은 풍경인가 싶을 만큼 다르게 보인다. 음악 역시 같은 곡의 연주를 듣고 비교해 보면 연주가의 스타일 차이가 확실하게 난다.

글은 그림이나 음악만큼 스타일 차이가 명확하지는 않다. 그림처럼 같은 대상을 그리거나 음악처럼 같은 곡을 연주하는 것처럼 같은 문장을 쓸 일은 거의 없기 때문이다.

드물게 그런 작품이 있기는 하다. 《겐지 이야기》는 여러 명의 작가가 현대어 번역에 몰두하고 있다. 거슬러 올라가면 요사노 아사코, 다니자키 준이치로부터 현대에는 하시모토 오사무, 세토우치 주코초에 이르기까지 내용은 같아도 각각의 특징이 있다. 그것이 스타일이다.

특히 하시모토 오사무의 《요변 겐지 이야기》는 주인공 히카루 겐지를 화자로 삼고 과감하게 현대어로 옮겨 다른 현대어 번역과는 스타일이 완전히 다르다. 히카루 겐지의 출생 부분을 다니자키 준이치로의 번역과 비교해 보자.

그동안에 전생의 인연이 깊어져서일까요. 더할 나위 없이 해맑은 주옥같은 사내아기님이 태어나셨습니다. 천황께서는 한시라도 빨리 보고 싶은 마음에 기다리다 못해 서둘러 갓난아기를 불러들여 보셨는데 드물게 잘생긴 사내아기셨습니다.

_다니자키 준이치로, 《준이치로 번역 겐지 이야기 1권》

갱의와 천황은 전생에서도 인연이 깊었던 것이리라. 이윽고 여인은 아이를 갖게 되었다. 그때까지 마음고생이 심했을 터이나 여인은 마침내 아이를 가지게 되었다.

그 여인이 나의 어머니이다.

그 여인과 천황 사이에 태어난 황태자가 바로 나였다. 여인은 잉태하고, 영롱한 진주 같다고들 말하는 수려한 용모의 사내아이를 낳았다. 잔물결이 이는 후궁에 도는 새로운 긴장감, 그것이 나의 시작이었다. (중략)

천황은 아이의 얼굴을 보지 못해 이제나저제나 대면하기만을 몹시 기다리고 계셨다. 갱의가 해산하고 아직 자리에 누워 있는 동안, 서둘러서 갓난아기만 궁중에 입궐시켜 보시니 드물게 잘생긴 아이였다.

_하시모토 오사무,《요변 겐지 이야기 1》

같은 장면이어도 해석이나 묘사 방법에 따라 확연히 달라짐을 두 작품을 비교하면 잘 알 수 있다.

또한, 아쿠타가와 류노스케의 유명한 작품《나생문》(羅生門)은《곤자쿠 모노가타리슈》(今昔物語集)의 이야기를 바탕으로 썼기 때문에 원문은 더 짧다. 아쿠타가와는 매우 힘 있는 문체로 세부 이야기를 늘리고 있다.

도둑, 수상쩍은 생각이 들어 창살 너머로 엿보았더니 젊은 여자가 죽어 누워 있었다. 그 머리맡에 불을 밝히고 흰머리의 노파가 그 죽은 자의 침상에서 죽은 자의 머리카락을 뽑고 있었다.

_아쿠타가와 류노스케, 《곤자쿠 모노가타리슈 29권 제 18화》

하인의 눈은 그제야 비로소 시체 사이에 웅크리고 있는 인간을 보았다. 검붉은 옷을 입은 작고 말라빠진 흰머리 원숭이 같은 노파였다. 노파는 오른손에 불을 붙인 나무 조각을 들고 그 시체 중 한 얼굴을 물끄러미 바라보고 있었다. 머리카락이 긴 걸 보니 아마 여자의 시체였으리라. 하인은 육 할의 공포와 사 할의 호기심에 이끌려 잠시 숨 쉬는 것조차 잊고 있었다. 옛 기록을 한 자의 말을 빌리자면 "머리와 몸의 온 털이 곤추선" 듯한 느낌이었다. 노파는 나뭇조각을 마룻바닥 틈새에 끼우고 이번에는 지금까지 바라보던 시체의 머리에 양손을 대고서는 마치 어미 원숭이가 새끼 원숭이의 이를 잡아 주듯이 그 긴 머리카락을 한 올씩 뽑기 시작했다. 머리카락은 손만 대도 잘 뽑히는 모양이었다.

_아쿠타가와 류노스케, 《나생문》

외국의 원작을 자국어로 번역할 때도 같은 내용임에

도 번역자에 따라 문장이 달라진다. 무라카미 하루키가 샐린저의 《호밀밭의 파수꾼》을 번역하자 그 이전에 나온 노자키 다카시의 번역과 어떻게 다른지가 화제에 올랐다. 이에 관해서는 여러 매체에서 다양하게 비교했기 때문에 여기서는 다루지 않겠지만, 거기에는 무라카미 하루키의 스타일과 포지션 취하는 방법이 확실하게 드러난다.

무라카미 하루키의 포지셔닝은 **의식적으로 대상과 어느 정도 거리를 두고, 자신은 떨어진 위치에 서서 쓰는 스타일이다.** 거기에서 미국 서해안의 약간 건조한 느낌의 문체가 생겨난다.

그는 자신을 포지셔닝하는 데에 매우 능한 작가 중 한 사람이라고 할 수 있다.

자기가 자주 쓰는 말을 다른 말로 바꿔 쓰는 사고 습관을 들이면 어휘에 대한 안테나가 높아진다.

읽고 있는 책에서 다음에 읽을 책을 찾는다. 고구마 덩굴처럼 연쇄적으로 읽어 나가면 거미집처럼 지식의 네트워크도 두껍고 커진다.

일단 간단한 것을 접하여 '지적 면역력'을 기른다. 대략이라도 줄거리나 개요를 알고 있으면 나중에 원본을 읽을 때 도움이 된다.

자극받은 만큼
독창성이 발휘된다

개성이나 독창성이 중요하다는 말을 많이 하지만, 실제로 독창성을 발휘하기란 상당히 어렵다. 나고 자란 환경, 이를테면 가정이나 학교 등에서도 엄청나게 다른 환경은 드물다.

독창성을 발휘한다고 해도 이 세상에 아예 없던 것을 스스로 만들어 내는 일은 대단히 어렵다.

먼저 외부 세계의 것이 자신에게 어떻게 스며들었는가, 그것을 표현하는 부분에서부터 독창성을 발휘하는 기술을 익혀야 한다.

외부의 자극을 받아 독창성을 발휘하는 것이다.

그럴 경우, 자신에게 스며든 것을 어떻게 표현하느냐가 관건이다. 쓰는 힘을 익히는 것은 그 사람의 풍요로운 세계를 발굴하여 독창성을 발휘할 가닥을 잡는 일이기도 하다.

일기
활용하기

자기 이야기를
하고 싶은 힘

젊은 사람들이 일기를 잘 쓰지 않는다고 한다. 확실히 일기장을 사서 쓰는 사람은 줄어든 듯하다. 하지만 지금은 손쉽게 블로그를 개설할 수 있어 사적인 이야기나 자기표현이 인터넷에 넘치고 있다.

일기는 자기 세계에 탐닉하는 자기애적 세계라는 면이 강하다. 자기 이야기를 하고 싶은 욕구는 지금의 젊은 사람에게도 뿌리 깊다. 이는 예나 지금이나 다르지 않다. 다만, 지금은 예전처럼 일기장에 쓰는 게 아니라 휴대전화로 친한 친구와 메시지를 주고받는 스타일로 그 욕구를 채운다.

원래 일기는 **'자기 이야기를 하고 싶은 힘'을 활용하여 능숙하게 '쓰는 힘'으로 전환하는 방법이다.** 그것이 지금은 종이 위가 아니라 휴대전회 메시지를 사용하여 누군가가 읽게 하는 스타일이 되었다. 자신을 위해 내면을 바라보는 게 아니라 자신의 감정을 분출하는 도구로서 메시지를 교환하게 되었다.

일기는 쓰는 사람도 본인이고 읽는 사람도 본인이다. 메시지는 자기가 쓰고 싶은 것을 써도 읽는 사람이 있다. 그런 만큼 열려 있다고도 할 수 있지만, 그 관계성은 서로에게 자기 이야기를 해도 거절당하지 않는다는 관계 위에 성립한다. 지금의 젊은 사람 대부분이 그런 관계를 추구한다.

일기는 자기 생각을 중심으로 쓰기 때문에 공회전하기 쉬워도 **자기 내면을 깊이 바라볼 수 있는 측면이 있다.** 메시지는 매일매일 고민을 들어 주는 듯한 가벼운 감각이다.

인터넷 블로그에 자신의 신변잡기를 공개하는 사람들도 많다. 이 경우, 불특정 다수가 읽게 되어 오히려 읽는 사람을 너무 의식한 글쓰기가 되어 버린다.

요즘 젊은이들에게 쓰는 욕구가 사라진 게 아니다. 사라지기는커녕 쓰고 싶은 욕구는 강해지고 있다. 자기 이야기를 누군가에게 들려주고 싶고, 읽어 주기를 바라는 욕구, 그 힘을 효과적으로 활용하여 쓰는 힘을 향상시킬 수 있다.

그러려면 휴대전화 메시지나 블로그가 아닌 예전 일기장부터 꺼내 보자.

일기에는 독창성을 높이는 효과가 있다.

내공을
쌓는다

일반론이기는 하지만, 초등학생 시절까지는 가족의 따뜻한 보호를 받으면서 매일매일 온화하게 세상에 녹아드는 시기다. 중학생이 되어 자아가 싹트면 가족 내에서도 왠지 마음이 불편하다. 가족 역시 중학생 아이를 대하는 게 가장 어렵다.

생물학적으로 생식 기능도 발달하여 독립을 요구하는 과도기이다. 대개 그 시기에 일기를 쓰게 된다.

초등학생도 일기를 쓰지만, 비밀성이 낮다. 중학생이 되어 쓰는 일기는 자기 내면의 세계를 만들어 가는 행위다.

쓰는 행위는 원래 담아 두는 행위에 가깝다. 표현하기 때문에 토해 내는 것이기도 하지만, 단순히 분출만 하는 것이라면 말만으로 만족할 수 있다. 쓸 필요가 없다.

글쓰기는 분출하기보다는 에너지를 담고 생각을 담아 자신의 내공을 쌓는 행위이다.

혼자서 오랫동안 일기를 쓰면 내공이 쌓인다. 보낼까

말까 망설이는 연애편지를 계속해서 쓰다 보면 자기 안의 내공이 높아지는 것을 알 수 있다. 내면에 욕망의 압력이 꽉꽉 차는 느낌, 그것을 '담는다'고 표현한다.

자신의 사고를 파고들어 거기에서 내공을 쌓아 쓰는 것으로 연결한다. 그것은 매우 힘든 작업이다.

정말 쓰고 싶은 것을 쓰는 것은 본래 매우 어려운 작업이다. 하지만 자기 안에 담지 않고 찔끔찔끔 토해 내기만 하면 내공이 쌓이기는커녕 무뎌질 뿐이다.

글을 쓸 때는 그 내용에 관해 사람들에게 이야기하지 않는 편이 좋다고 한다. 아이디어가 넘쳐서가 아니라, 말하는 것으로 만족해 버려 자기 안에서 쓰는 내공이 무뎌지기 때문이다.

사람에 따라서는 쓰려는 것을 여기저기 이야기하면서 흥이 오르는 사람도 있다. 그러나 보통은 이야기하면서 김이 새곤 한다.

따라서 계속해서 내면에 에너지를 담아 내공을 높여 한 걸음 한 걸음 험한 산에 오르듯이 쓴다. 힘든 작업에는 그만큼 보상이 따른다. 그 보상이 쓰는 힘, 생각하는 힘을 향상하여 자기 형성으로까지 이어진다.

자기 긍정감이
솟는다

일기를 써도 별로 감흥이 없을 때가 있다. 자기 생각을 조금씩 드러내고 토해 내어 단순한 욕구불만의 해소처가 된 경우다.

내공을 쌓아 글쓰기와 연결할 때는 그 과정에서 생각하는 힘이 채워진다.

자신과 마주함으로써 자신을 되찾는 느낌이랄까.

자신을 되찾는 수단으로 일기를 쓰는 행위는 남이 읽고 이해하여 돈이 되는 것과는 다른 차원이다.

자기가 살아가는 의미를 아무도 인정해 주지 않는, 아무도 지지해 주지 않는다는 생각이 들 때가 있다. 결국 자기 스스로 사는 의미를 찾아가야 한다. 그럴 때 **쓰는 행위는 자신을 강하게 지지해 준다.** 그로 인해 자신과 마주하고 자신을 긍정하는 힘이 솟는다.

존재의 공허함은 누구나 어느 정도 느끼며 살아간다. 하지만 남에게 인정받기에 지나치게 집착하면 자신의 내공이 높아지지 않는다. 항상 누군가 자기 이야기를 들어주기만 바라게 된다. 그래서 메시지를 주고받으며 공허함을 달래고, 그렇게 되면 힘을 쓸 수 없다.

과거 일기문학이라 일컫는 것이 존재했던 까닭은, 일기가 시대의 흐름 속에서 자신을 잃지 않는 하나의 수단이었기 때문이다. 이 자세는 자신을 드러내고 확인받는 것과는 전혀 다르다.

자신을 한 걸음 한 걸음 확인해 가는 작업은 힘들다. 자신을 알아줄 것 같은 사람에게 메시지를 보내고 즉석에서 감정을 치유하는 것과는 전혀 다르다. 그렇게 분출할 게 아니라 **자신의 감정을 제대로 바라보고 파고들어 괴로움에서 벗어나야 한다.**

그런 일기로 하야시 다다오의 《나의 생명 밝은 불빛에 불타오르고》(わがいのち月明に燃ゆ)가 있다. 거기에는 학도병으로 동원되어 공부를 계속할 기력을 잃고서도 글을 쓰면서 향학심을 유지하려는 의지가 잘 나타나 있다. 그대로 흘려 버리면 사라지고 마는 자기의 세계를 유지하기 위해 계속 쓴다.

나가이 가후의 유명한 일기 《단장정일승》(斷腸亭日乘)의 경우, 읽히는 작품으로 썼던 면은 분명 있다. 그래도 시대 안에서 사라져 가는 에도 정서를 찾아다니는 자체가 당시의 시대에 대한 하나의 저항이자, 시대 안에서 자신을 잃지 않기 위한 하나의 거점으로 일기를 썼다고 할 수 있다.

일기를 쓰는 중요한 의미로 이와 같은 자기 긍정감과 자기 확인력을 높이는 것을 들 수 있다.

(ONE POINT)

아무에게도 보여 줄 수 없는 자기만 읽는 일기라도 좋다. 그 매력을 재인식하는 것이 고독감이나 외로움을 줄이는 것으로 이어진다.

(ONE POINT)

자기의 신념을 키우려면 언어의 힘이 필요하나. 자신의 이상적인 모습에 가까워지기 위해서는 자신의 모습을 언어화하는 것이 중요하다.

후기

현재, 내가 어떻게 글 쓰는 일을 업으로 삼게 되었는지 돌아보니 그 계기는 초등학교 1학년 때로 거슬러 올라간다.

어느 날, 학교에서 인형극을 보고 감상문을 쓰는 수업이 있었다. 인형극 줄거리나 감상을 쓰는 것이었는데, 나는 그때 완전히 글 쓰는 재미에 빠져 버렸다. 그 수업이 그날 마지막 수업이기도 해서 방과 후까지 남아 계속 쓰다가 원고지 5장을 채웠다. 당시 나는 긴 글을 쓸 수 있다라는 자신감이 생겼던 것을 선명하게 기억한다.

같은 1학년 때 매일 그림일기도 썼다. 그림을 그리고 누구와 놀았다는 이야기밖에 없었지만, 1년이 되니 몇 권이 쌓였다.

그렇게 몇 권씩이나 되는 양의 글을 썼다는 사실이 확실히 자신감으로 이어졌다.

이런 자신감이 지금 나의 일로 이어졌다고 생각한다.

내용의 질은 일단 차치하고, 양을 소화한 자신감이 다음 단계

로 이어지게 한다. 양을 소화한 경험이 쓰는 에너지가 된다. 아마 짧고 질적인 글을 쓸 수 있어도 긴 글을 쓸 수 없는 사람보다는, 질적인 면은 조금 떨어져도 많은 양을 쓸 수 있는 사람이 다음 글을 쓰고자 하는 에너지는 더 높다.

예를 들면, 일류 러너들은 어릴 때부터 발이 빠르고 달리기를 좋아했기 때문에 그 영역에 이를 수 있었을 것이다. 그만큼 해냈다는 자신감이 중요하다.

우선은 쓰는 게 힘들지 않은, 힘들기는커녕 많이 쓰는 게 너무너무 재미있다는 상태를 만들어 가는 것이 질적으로 높은 글을 쓸 수 있게 되는 가장 빠른 길이다.

원고지 10장이라는 분기점을 넘어서면 20장, 30장도 다르지 않다. 그렇게 큰 차이는 없다. 그리고 10장의 벽을 돌파하면 다른 풍경이 펼쳐진다. 돌파한 사람만이 알 수 있는 상쾌함이 있다.

이 책을 읽고 그 벽을 돌파할 용기를 가질 수 있다면 저자로서 더할 나위 없는 기쁨이겠다.

문장력을 키우는
추천 도서 150선

① 글쓰기의 기본을 익힌다

스티븐 킹(Stephen Edwin King) -《유혹하는 글쓰기》

딘 쿤츠(Dean Koontz) -《베스트셀러 소설 쓰는 법》

오구마 에이지(小熊英二) -《기초부터 이해하는 논문 작성법》

시미즈 이쿠다로(清水幾太郎) -《논문 작성법》

다니자키 준이치로(谷崎潤一郎) -《문장독본》

도다야마 가즈히사(戸田山和久) -《최신판 논문 교실》

도요다 마사코(豊田正子) -《신 작문 교실》

미시마 유키오(三島由紀夫) -《문장독본》

미야지 사이치로(宮地佐一郎) -《료마의 편지》

② 풍부한 어휘를 흡수한다

도스토옙스키(Fyodor Mikhailovich Dostoevskii) -《카라마조프가의 형제들》

아쿠타가와 류노스케(芥川龍之介) -《나생문 거미줄 두자춘 외 18편》

가와노 유코(河野裕子), 나가타 가즈히로(永田和宏) -《이를테면, 당신의 40년 연가》

시가 나오야(志賀直哉) -《암야행로》

나카지마 아츠시(中島敦) -《산월기 이능 외 9편》

257

나쓰메 소세키(夏目漱石) - 《풀베개》

히구치 이치요(樋口一葉) - 《키재기》

미시마 유키오(三島由紀夫) - 《금각사》

③ 읽기 쉬운 문장의 백미

요한 페터 에커만(Johann Peter Eckermann) - 《괴테와의 대화》

데카르트(René Descartes) - 《방법서설》

버트런드 러셀(Bertrand Russell) - 《러셀 행복론》

마키아벨리(Niccolò Machiavelli) - 《군주론》

우치다 다쓰루(内田樹) - 《자면서 배우는 구조주의》《무사의 가훈》

미야모토 무사시(宮本武蔵) - 《오륜서》

《요시다 쇼인 유혼록》

④ 기승전결을 배우려면 이 책

《이솝 우화집》

제프리 디버(Jeffery Deaver) - 《크리스마스 선물》

줌파 라히리(Jhumpa Lahiri) - 《정전의 밤에》

이누마루 린(犬丸りん) - 《정리의 여신》

우에다 마사시(植田まさし) - 《코보짱 걸작선》

사쿠라 모모코(さくらももこ) - 《모모의 통조림》

다자이 오사무(太宰治) - 《어복기》

호시 신이치(星新一) - 《변덕쟁이 로봇》

⑤ 리듬감 있는 문체를 배운다

카츠 카이슈(勝海舟) - 《영천청화》

고콘테이 신쇼(古今亭志ん生) - 《고전 라쿠고 신쬬집》

다나베 세이코(田辺聖子) - 《비뚤어진 잇사》

나쓰메 소세키(夏目漱石) - 《나의 개인주의》

후쿠자와 유키치(福沢諭吉) - 《학문의 권유》

후쿠자와 유키치(福沢諭吉) - 《후쿠 옹 자서전》

⑥ 인용력이 뛰어난 명저

톨스토이(Leo Tolstoy) - 《글 읽는 세월》

스기우라 히나코(杉浦日向子) - 《에도에 오신 것을 환영합니다》

츠지무라 미즈키(辻村深月) - 《오만과 선량》

무라카미 하루키(村上春樹) - 《1Q84》

야마모토 스미카(山本鈴美香) - 《에이스를 노려라》

⑦ 필사하고 싶을 정도의 명저

가와바타 야스나리(川端康成) - 《설국》

고다 로한(幸田露伴) - 《오중탑》

다자이 오사무(太宰治) - 《부악백경, 달려라 메로스 외 8편》

다니자키 준이치로(谷崎潤一郎) - 《슌킨이야기》

나쓰메 소세키(夏目漱石) - 《도련님》

무라사키 시키부(紫式部) - 《겐지 이야기》

⑧ 상대 이야기에 공감하는 키워드를 찾아낸다

가와이 하야오(河合隼雄), 무라카미 하루키(村上春樹) - 《무라카미 하루
키, 가와이 하야오를 만나다》

구로야나기 데쓰코(黒柳徹子), 요도가와 나가하루(淀川長治) - 《데쓰코
와 요도가와 아저씨 인생 재미있는 이야기》

《데즈카 오사무 대담집》

도쿠가와 무세이(徳川夢声) - 《도쿠가와 무세이의 문답 유용》

《잘 말하고 잘 듣기》- 엔도 슈사쿠 편

무라카미 류(村上龍) - 《참을 수 없는 존재의 살사》

⑨ 인용하고 싶어지는 말을 찾아낸다

옥타브 오브리(Octave Aubry) - 《나폴레옹 언행록》

《삼국지》

생텍쥐페리(Antoine Marie Roger De Saint Exupery - 《어린 왕자》

수타니파타 - 《불교경전》

니체(Friedrich Wilhelm Nietzsche) - 《자라투스트라는 이렇게 말했다》

《바가바드 기타》

마르쿠스 아우렐리우스(Marcus Aurelius Antoninus) - 《자성록》

《논어》

아사노 유이치(浅野裕一) - 《손자》

오카모토 다로(岡本太郎) - 《내 안에 독을 갖고》

가나야 오사무(金谷治) - 《노자》

사토 잇사이(佐藤一斎) - 《언지사록》

데라야마 슈지(寺山修司) - 《양손 가득한 말 413 아포리즘》

⑩ 사물을 보는 관점을 바꾼다

제임스 웹 영(James Webb Young) - 《아이디어 생산법》

조셉 캠벨(Campbell, Joseph) - 《신화의 힘》

재레드 다이아몬드(Jared Mason Diamond) - 《총균쇠》

다니엘 카너만(Daniel Kahneman) - 《생각에 관한 생각》

유발 하라리(Yuval Noah Harari) - 《호모 데우스》

라이얼 왓슨(Lyall_Watson) - 《바람의 박물지》

에가와 스구루(江川卓) - 《미스터리 죄와벌》

기무라 빈(木村敏) - 《사이》

구기 슈조(九鬼周造) - 《'이키'의 구조》

《동경올림픽 문학자가 본 세기의 축제》- 고단샤 편

미시마 유키오(三島由紀夫) - 《부도덕 교육 강좌》

⑪ 일본어의 깊이를 안다

오노 스스무(大野晋) - 《일본어의 연륜》

시미즈 슌지(清水俊二) - 《영화 자막 만드는 법》

시라가와 시즈카(白川静) - 《상용자해》

다카시마 도시오(高島俊男) - 《한자와 일본인》

나카무라 아키라(中村明) 《비유표현사전》

요네하라 마리(米原万里) - 《미녀냐, 추녀냐》

⑫ 감동적인 기록에서 배운다

안네 프랑크(Anne Frank) - 《안네의 일기》

《고흐의 편지》

생텍쥐페리 - 《인간의 대지》

타샤 튜더(Tasha Tudor) - 《즐거움은 만들어 내는 거야》

빅터 플랭클(Viktor Emil Frankl) - 《밤과 안개》

헬렌 켈러(Helen Keller) - 《나의 생애》

헨리 소로(Henry David Thoreau) - 《월든》

폴 모랑(Paul Morand) - 《샤넬의 인생을 말하다》

레오나르도 다빈치(Leonardo da Vinci) - 《레오나르도 다빈치의 수기》

클로드 레비 스트로스(Claude Levi Strauss) - 《슬픈 열대》

이시하라 요시로(石原吉郎) - 《망향과 바다》

《이시부미 히로시마이중 일학년 전멸의 기록》히로시미 텔레비전 방송국 편

《어느 메이지인의 기록》이시미쓰 나히토(石光真人) 편

《일본전몰학생의 수기》 - 일본전몰학생기념회 편

데즈카 오사무(手塚治虫) - 《나의 만화 인생》

도몬 켄(土門拳) - 《개구쟁이 동자승이 있었다》

하야시 다다오(林尹夫) - 《나의 생명 밝은 달빛에 불타오르고》

나가이 가후(永井荷風) - 《단장정일승》

⑬ 생명력으로 가득한 자서전을 읽자

앤드류 카네기(Andrew Carnegie) - 《카네기 자서전》

채플린(Charles Chaplin) - 《채플린 자서전》

벤저민 프랭클린(Benjamin Franklin) - 《벤저민 프랭클린 자서전》

마하트마 간디(Mahatma Gandhi) - 《간디 자서전》

우노 지요(宇野千代) - 《살아가는 나》

구로사와 아키라(黒澤明) - 《자서전 비슷한 것》

사카구치 안고(坂口安吾) - 《바람과 빛과 스무 살의 나와》

시라스 마사코(白洲正子) - 《시라스 마사코 자서전》

《다카하시 고레기요(高橋是清) 자서전》 - 우에쓰카 쓰카사 편

다케우치 도시하루(竹内敏晴) - 《말이 먹먹해질 때》

미와 아키히로(美輪明宏) - 《보라색 이력서》

유카와 히데키(湯川秀樹) - 《어느 물리학자의 회상》

⑭ 언젠가는 이런 에세이를 써 보고 싶다

장 자크 루소(Jean-Jacques Rousseau) - 《고독한 산책자의 몽상》

우치다 햣겐(内田百閒) - 《노라야》

고다 아야(幸田文) - 《아버지란 이런 것》

사카구치 안고(坂口安吾) - 《일본문화사관》

사쿠라 모모코(さくらももこ) - 《그렇게 생겼어》

시무라 후쿠미(志村ふくみ) - 《색을 연주하다》

다카미네 히데코(高峰秀子) - 《나의 도세 일기》

다니자키 준이치로(谷崎潤一郎) - 《음예예찬》

후지와라 마사히코(藤原正彦) - 《젊은 수학자의 미국》

⑮ 여행을 소재로 삼아 보자

괴테(Johann Wolfgang von Goethe) - 《이탈리아 기행》

사와키 고타로(沢木耕太郎) - 《심야특급》

《스가 아쓰코 전집》

후지와라 신야(藤原新也) - 《인도 방랑》

헨미 요(辺見庸) - 《먹는 사람들》

마쓰오 바쇼(松尾芭蕉) - 《오쿠로 가는 좁은 길》

⑯ 읽고 나면 뿌듯한 명저

윌리엄 서머셋 모옴(William Somerset Maugham) - 《세계 10대 소설》

가마타 히로키(鎌田浩毅) - 《세계가 인정하는 이과 명저》

가와노 겐지(河野健二) - 《세계의 명저 마키아벨리에서 사르트르까지》

구와바라 다케오(桑原武夫) - 《일본의 명저 근대의 사상》

구와바라 다케오(桑原武夫) - 《문학 입문》

하세가와 히로시(長谷川宏) - 《지금 읽고 싶은 철학 명저》

마쓰오카 세이코(松岡正剛) - 《천야천책》

⑰ 날카로운 비평, 비평적 시선을 배운다

애덤 스미스(Adam Smith) - 《도덕감정론》

칼 마르크스(Karl Heinrich Marx) - 《자본론》

피터 드러커(Peter Ferdinand Drucker) - 《피터 드러커 나의 이력서》

필립 코틀러(Philip Kotler) - 《코틀러의 마케팅 원리》

라프카디오 헌(Lafcadio Hearn) - 《일본의 모습》

겐코 법사(兼好法師) - 《모연초》

곤 도코(今東光) –《독설 신상 상담》

시부사와 에이치(渋沢栄一) –《논어와 주판》

세이 쇼나곤(清少納言) –《마쿠라 쇼지》

단 가즈오(檀一雄) –《나의 백미진수》

《전후세대가 고른 서양화 베스트 100》– 문예춘추 편

와타나베 다모쓰(渡辺保) –《무대를 보는 눈》

참고문헌

료 미치코(寮美千子) - 《넘쳐 나는 것은 상냥함이었다》

나쓰메 소세키(夏目漱石) - 《도련님》

미와 아키히로(美輪明宏) - 《보라색 이력서》

다자이 오사무(太宰治) - 《달려라 메로스》

무라카미 하루키(村上春樹) - 《해변의 카프카》

무라카미 하루키(村上春樹) - 《소년 카프카》

다니자키 준이치로(谷崎潤一郎) - 《준이치로 역 겐지 이야기》

하시모토 오사무(橋本治) - 《요변 겐지 이야기》

이케가미 슌이치(池上洵一) 편 - 《곤자쿠 이야기집》

아쿠타가와 류노스케(芥川龍之介) - 《나생문》

글쓰기의 힘

초판 1쇄 2024년 8월 21일
2쇄 2024년 11월 1일

지은이 사이토 다카시
옮긴이 장은주

책임편집 이정
편집 강가비
디자인 형태와내용사이

펴낸이 차보현
펴낸곳 데이원
출판등록 2017년 8월 31일 제2021-000322호
블로그 https://blog.naver.com/dayonepress
인스타그램 https://www.instagram.com/dayone_press
유튜브 '책략가들' https://www.youtube.com/@dayonepress